鬼の棲処

CROSS NOVELS

栗城 偲

NOVEL: Shinobu Kuriki

コウキ。

ILLUST: KOUKI.

CROSS NOVELS

CONTENTS

CROSS NOVELS

CONTENTS

鬼の棲処

國《くに》の北西から遠くに、誰も足を運んだことのない島がある。

数少ない文献をひもとくと、かつて「魔女」や「人食い鬼」の流刑地とされていた、という内容が記されているのみであり、それ以上のことは詳《つまび》らかではない。

現在その島に住人がいるかどうか、実際に流された者が果たして無事に辿《たど》り着いたのかなどは知る由もなかった。

城塞の主塔からは、よく晴れた日にその島影が見えるというが、そこは王の領地を越えた場所にあるが故、限られた者以外の立ち入りは許可されていない。

市井《しせい》に伝わるのは、島の全容を肉眼で確かめることはほぼ不可能であり、その塔からですら遠眼鏡を使うことでようやく確認出来る、という事実のみである。

決して近寄ってはならない場所とされていたが、波も高く、船の精度も低い時代においては、おいそれと近付くことそのものが叶わなかっただろう。高水準の船舶の製造が可能になった現在だからこそ、望めば難なく向かうことが出来る場所となったのだ。

けれど、その由来の不吉さから島に出向くことは長らく許可されていなかったし、法を犯してまであちらへ渡ろうという者はいなかった——とされている。

遠眼鏡越しにのみ望めるその島に、渡航費を支払う価値があるかは不明瞭であった。恐らくないであろう、というのが、研究者の見解だ。

それでも尚、未開の土地への浪漫《ロマン》から、直に降り立ってみたいと思う者も少なからず存在したのも事実だ。

現在に至るまで、島に着想を得た小説や絵本もいくつか出版された。冒険譚《ぼうけんたん》、幻想小説、おとぎ話。それらが憧れを強くしたとも言える。

彼もまた、なにかきっかけがあればと、そう思っていたのだ——。

黒鬼《くろおに》は物心ついたときから、「黒鬼」と呼ばれていた。

ごく小さな頃には両親が付けた名があったと聞くが、育ての親でもあった祖母は最期《さいご》までその名で黒鬼を呼んでくれることはなかった。

黒鬼もまた、訊《き》かなかった。人間であると見なされない黒鬼が、人として名を付けられ、呼ばれることは許されなかったからだ。

その件について、家族や村民を恨《うら》んだことは一度もない。

それに黒鬼は、先日亡くなってしまった祖母に「坊《ぼう》」と呼ばれることは存外嫌いではなかった。「黒鬼」ではなく「坊」と呼ばれると、自分は普通の人間であった祖母の傍《そば》に存在していいのだと言われているような気になれたものだ。

優しく頬《ほほ》を撫《な》でてくれた祖母を思い返し、懐かしさに涙が零《こぼ》れた。黒鬼ははっとして、目元を擦《こす》る。

——いけない、こんなことでは……。

これから死ぬまで一人で生きていかねばならないのに、こんなことでいちいち泣いてなどいられない。

胸を押さえて、平静を取り戻すために黒鬼は息を吐いた。深く息をして、山の匂いを嗅《か》ぐと不思議と心が落ち着いてくる。

気を取り直すように腰を上げ、籠《かご》の中を検《あらた》める。自生している薬草が数種類、それらを見て黒鬼は微《かす》かに眉《まゆ》を顰《ひそ》めた。

今年は天候も荒れたので、あまり育ちが芳《かんば》しくないように思える。

——当面の分は在庫もありますが……あまりよくないですね。

けれどそれ以上摘《つ》むのも、今年の出来では乱獲状態になってしまう。今回はここで切り上げることにして、薬草を積み込んだ籠を担ぎ、黒鬼は山に手を合わせた。薬草の採取をさせて貰った感謝を込めて頭を下げ、山を下りる。

黒鬼は、村で唯一の薬師の家系だ。

黒鬼が生まれるまでは、丁重に扱われていたらしいが、黒鬼が生まれたことで集落を出され、山を越えた、鬼門とされる南東の海岸沿いに追いやられたのだという。

この島ではあらゆる災いは南東から来る、という言い伝えがあるからだ。「黒鬼」を生む家は、必ずここへ隔離される。

濃淡の差はあれど、人毛は赤であるのが普通だ。

けれど黒鬼の髪は、まるで月のない夜空のような漆黒《しっこく》だった。黒髪は、異形《いぎょう》の者の証だ。

この島で黒色は、凶兆とされている。稀《まれ》に生まれる黒髪のものは、「黒鬼」と呼ばれ、忌避《きひ》されるのだ。

両親は早逝《そうせい》し、育ててくれた祖母は先日亡くなった。今、黒鬼はひとりだ。

それは、この島で黒鬼が唯一の薬師となってしまったことを意味する。

祖母が存命の頃と比べれば、利用者は格段に減った。祖母が窓口になり薬を渡していた以前と違い、黒鬼が対応せざるをえなくなったからだろう。

皆、黒鬼と話すのを厭《いと》うているのだ。

近頃では時折黒鬼が家を空けている隙《すき》に薬草を盗み出す者も現れた。出納《すいとう》を確認していたら、数が合わないことが増えたのだ。

自分の髪が黒でなければ、と思うこともあったが、今更どうしようもない。嘆息をして、黒鬼は帰路へ就《つ》く。

自宅へと戻る前に、海岸へ向かった。砂浜を歩きながら、波打ち際に目を向ける。

岸には時に、どこから来たのかわからないものが漂着することがあるのだ。それは、海の向こうに島の人間ではない誰かがいる、ということである。

鬼門の方角から流れ着いたものに祖母はいい顔をしなかったが、自分の知らない世界がどこかにあるのだと思うと、高揚感を覚えるのだ。

打ち上げられるものは色々あって、今までで一番の発見は、玻璃《ガラス》の瓶《びん》に入れられた手紙と思われるものだった。殆《ほとん》どが海水に濡《ぬ》れて滲《にじ》んでいたし、黒鬼の知っている文字ではないので内容は読めなかったが、それでも黒鬼は嬉しかった。瓶の中には手紙の他に、磨《みが》かれた綺麗な石も入っていて、それも合わせて黒鬼の宝物となっている。

今日は、特にめぼしいものもなく、少々残念に思いながら黒鬼は自宅へと戻った。

「ただいまかえりました」

無人の東屋《あずまや》へ戻り、戸を開く。

瞬間、自宅の異変に黒鬼は目を瞠《みは》った。

「な、に……？」

薬棚が荒らされている。まるで、黒鬼の家の中にだけ、嵐が来たようだ。

黒鬼ははっとして、奥へと走った。水場の傍に置いていた「宝物」を入れた箱は、蹴《け》り倒されでもしたのか横倒しになっている。

急いで近寄り確認すると、瓶は無事だった。それ以上荒らされてはいなかったようで、ほっと胸を撫で下ろす。

冷静になった黒鬼は、もう一度家の中を振り返った。

――……どうしてこんな……。

室内は、ただ荒らされていたわけではない。棚や籠を確認したところ、何種類かの薬草がごっそりとなくなっていた。

残された薬草も大部分が床に散乱し、その後踏み荒らされたらしく、殆どが使用不可能な状態になっている。

黒鬼は茫然《ぼうぜん》と立ち尽くし、一体なにから手を付けようかと考えを巡らせた。また同じように薬を揃《そろ》えるのに、どれくらいの時間がかかるのかもわからない。

自分の代に変わってから利用者が減っていることがせめてもの救いかもしれない、と嘆息する。

ひとまず籠を下ろし、しゃがみ込む。地面に散乱した薬草をひとつ拾い上げた。

「——おい」

「……っ」

突如声をかけられ、黒鬼は息を飲む。

顔を上げると、村長の息子が立っていた。黒鬼と年の頃は同じだが、彼は黒鬼よりもずっと立派な体格の青年だ。身の丈も、黒鬼より頭ひとつ分ほど大きい。

短く刈られた、夕焼けのように赤い頭を掻《か》き、彼は黒鬼を睨《にら》み下ろす。

「——なにをしている」

鋭い声で問われ、黒鬼はすぐに顔を俯《うつむ》けた。

「あの……、俺はなにもしていないのですが」

黒鬼の返答に、彼は舌打ちをした。家の中に入り、周囲を見回している。

「……なんだよこれ」

「薬草です。と言っても、薬草としてはもう使えませんが」

見たままのことを口にすると、彼は憮然《ぶぜん》として黒鬼の頭を叩《たた》いた。

「いちいち言われなくたってわかってんだよ、そんなことは。悠長《ゆうちょう》にしてるんじゃねえよこの鈍《のろ》間《ま》」

村長の息子は、黒鬼の頭をもう一度叩き、しゃがみ込む。

不意に視線の高さが同じになったことに戸惑っていると、彼は散乱した薬草を手で掻き集め始めた。

村長の子息にそんなことをさせるわけにはいかないのにと困惑しつつも、黒鬼もあたふたと薬草を拾う。一か所に薬草を集めながら、黒鬼は相手の顔をうかがった。

こちらの視線に気付き、彼は眉を顰める。

「……なんだよ」

「あの、今日はなにをご所望《しょもう》だったんでしょうか？」

見ての通り、薬は殆ど駄目になってしまっている。

黒鬼のところへ来るということは、薬が入用になっているはずなのだが、彼の望む薬草が、まだ使える状態で残っている可能性は低そうだ。今作ることが可能なものであればすぐ用意を、と伝えようとすると、彼はふんと鼻を鳴らした。

「用がなければ来るなという意味か。黒鬼のくせに、随分《ずいぶん》な口を利《き》くじゃないか」

「い、いえ、そういう意味では」

黒鬼の意思どうこうというより、普通はよほどの用がない限りは誰も近寄らない事実がある。だから彼も、と思ったのだが、機嫌を損ねるような問い方をしてしまったのかもしれない。

弁明の仕様もなく、ただ「申し訳ありません」と頭を垂れると、村長の息子は少しの間を置いて、大きく溜息を吐いた。

「――お前の家、というか山のほうから、誰かが出てくんの見てたんだよ」

「え……それは」

黒鬼の家から見て、山を挟んで向こう側に人々の住む集落がある。彼らが山に入ること自体はさほど珍しくはないが、黒鬼が活動をしている時間帯は鉢合わせしないよう避けるのが彼らの常識だ。

確かに、不審ではある。

けれど、このところ黒鬼のいない隙を狙《ねら》って薬を持ち出す者も増えているので、腑《ふ》に落ちる点もあった。今までこんな風に家の中を荒らされることはなかったものの、恐らく同じ目的で家の中に入ったのだろう。

「誰かというのは？」

「……わからん」

最初はあまり意識をしていなかった、と彼が呟《つぶや》く。もっとも、その正体がわかったところで黒鬼にはどうすることも出来ないし、なにより彼らが黒鬼に名前を明かすことはない。

「なんだか様子がおかしかったから、来てみた。それだけだ」

何故《なぜ》か不貞腐《ふてくさ》れたように言う彼を不思議に思いながらも、黒鬼は頭を下げた。

「有り難うございます……いたっ」

再び頭を叩かれる。村長の息子を見ると、先程までよりも素早い動作で薬草を集めていた。

「別になんにも出来なかったし、お前に礼を言われるようなことしてねえ」

いいからさっさと手を動かせ、と怒鳴られ、黒鬼も作業に戻る。

村長の息子は年が近く、黒鬼の幼馴染みといえる人物でもあった。

権力者の長子ということに加え、恵まれた体軀の持ち主でもあった彼は、子供の頃から同世代の者たちをよく主導していた。

そして、黒鬼を率先していじめる性質であったが、人目のないところではいつもこうして助けてくれたのも彼だ。

黒鬼は、彼の名前を知らない。

村民は黒鬼の前で名を呼んだり呼ばれたりすることをしないからだ。

黒鬼に名を知られることは、己の身に災厄を齎《もたら》すことと同義でもある。

だから、黒鬼は小さな頃、自分の周囲の人や物に名前があるということを知らなかった。けれど、それを不便だと思わないほど、黒鬼の傍には誰もいなかったし、なにもなかったのだ。

「――これ、どうするんだ」

掻き集めるだけの作業はすぐに終わった。こんもりと山になった薬草を指した問いに、黒鬼は肩を落とす。

「燃やします。残していても、しかたがありませんし」

祖母の代からずっと保管していたものもあるが、駄目になるときはあっけないほど一瞬だ。胸を襲う寂寥《せきりょう》に、黒鬼は無意識に小さく息を吐いた。

「濡れて泥が付いてしまっていますし、色々交ざりすぎて危険です」

そうか、と村長の息子は苦々しい表情で顎《あご》を引く。

「ここの薬を荒らすってのは、後々自分たちが困るだけなんだがな」

苛立《いらだ》ちを含んだ声に、黒鬼は目を丸くした。そして、微笑む。

「大丈夫です、明日からまた作り直しますから」

そんな黒鬼の返答に、彼は鋭く舌打ちをした。

「お前は、もう少し怒れ」

村長の息子の言葉の意味を解しかねて黒鬼は首を傾《かし》げる。

「怒れと言われても……」

「腹立つだろ？　なんでこんなことって」

「……ええと……」

黒鬼は、「怒る」という概念を持ち合わせていない。

悲しいと、辛いと、嘆くことはある。けれど、どれほど理不尽な目に遭おうとも、黒鬼は一度も憤慨《ふんがい》したことはなかった。

自分が「黒鬼」であるから、しかたのないことだ。

災厄は全て、黒鬼のせいだ。村人が黒鬼をめがけて投げた石で祖母が怪我をしたときは、悲しかった。そして、自分が「他者に害をなす存在」であるということも、嫌というほど理解した。だから大体のことは諦観している。彼らが黒鬼を恨むのが、わかる。黒鬼自身が、そのことで己の存在を恨みに思ったからだ。

不吉な存在であるがために接触を避けられるので、肉体的に害される場合は滅多にないが、却《かえ》って皆の鬱憤《うっぷん》が溜まることもあるだろう、とさえ思っていた。

「……そもそも、ここで唯一の薬師が俺であるということが、皆さんにとっての不幸だなと、思います。申し訳ないな、と」

正直にそう申告すると、村長の息子は「もう知らん」と背を向けた。

それに、黒鬼の代わりにこうして怒ってくれる相手がいるので、それだけでも身に余る幸せだと思っている。恐れ多くて言葉には出来ないけれど。

使い物にならなくなった薬草を燃した後、黒鬼と村長の息子はもう一度家の中の整理を始めた。これ以上手伝わせるのは申し訳ないと村長の息子に帰るように勧めたが、また彼の機嫌を損ねただけに終わった。

あらかた掃除を終えた頃、外から人の声が聞こえてくる。それも、一人や二人ではない。

村長の息子もそれに気付いたらしく、黒鬼と二人で顔を見合わせた。

「なんだ、一体」

「俺ちょっと外を見てきますね」

こちら側に沢山《たくさん》の人が来ることは極めて珍しい。野生動物でも出たのだろうかと思いながら戸に手をかけようとした瞬間、黒鬼の家の古い戸が音を立てて破られた。

咄嗟《とっさ》に手を引っ込め、黒鬼は事態が飲み込めず狼狽《ろうばい》する。眼前には、数人の兵士たちが並んでいた。

「え、あの……？」

彼らは目配せをして、こちらに歩み寄ってくる。

「捕えろ！」

なんの御用でしょうか、と問う間もなく、黒鬼は取り押さえられた。

兵士に圧《お》し掛かられ、黒鬼はあっけなく潰《つぶ》される。大柄な男たちに上から押さえつけられ、走った痛みに顔を歪《ゆが》めた。

「なんだ、何事だ！　一体！」

動揺を隠さずに問うた村長の息子に、一人の兵士がはい、と応《こた》える。

「先程、黒鬼の薬を飲んだ者が急に苦しみ出し、命を落としたのです」

黒鬼の家を荒らしたのは、その人物か、もしくはその身内だろう。

兵士の報告に、村長の息子は黒鬼を見下ろした。その瞳には当惑の色が浮かんでいる。

「危険です。近寄ってはなりません。黒鬼は、毒を隠し持っていたということです！」

「いずれ我々をも殺そうと企《くわだ》てていたのでしょう！」

兵士の手前、まさか、とは流石《さすが》に外聞が悪くて言えなかったのだろう。それでも彼は、一体どちらを信じればいいのか、迷っているようだった。兵士と黒鬼を交互に見やり、眉根を寄せる。

茫然としていた黒鬼は、はっとして首を横に振った。

「ち、違います！　違うんです！」

必死に無実を訴えようとしたが、兵士に髪を乱暴に摑《つか》まれ、顔を地面に押し付けられて阻《はば》まれた。鼻に鈍い痛みが走り、口の中に砂が入る。

「黒鬼のくせに、命乞《ご》いか！　浅ましい真似を！」

「……っ」

黒鬼が、人に反論することなど許されない。それでも、この誤解だけは解いておきたくて、何度も頭を振った。

「違います。確かに、薬草の中には毒性のあるものもあります。だけど、少量であれば薬になるんです！」

「そんな馬鹿な話があるものか！　助かりたいからと子供騙《だま》しの作り話など、恥《はじ》を知れ！」

警棒で叩かれ、その痛みに一瞬意識が遠退く。

薬は、体に合わないものもあるし、その日の体調によって効果が変わることもあるのだ。非常に危険な飲み合わせもある。

薬草と似た形の毒草もあった。毒草は主に虫除けや害獣退治に使うもので、人間に対して使うものではない。

黒鬼は見分けることが出来るが、薬師でなければ薬草や毒草の違い、摂取量などの判断は難しいだろう。そのために、薬師がいるのだ。

害獣用の毒草を扱っていることを知っている者は村人にもいるはずだが、黒鬼を庇《かば》うために証言してくれるとは思えなかった。寧《むし》ろ、それが不利に働くかもしれない。朦朧《もうろう》とした意識で、黒鬼は視線を上げる。

傍《かたわ》らの村長の息子は、顔色を失くしていた。彼も、誤解をしただろうか。だとしたら少し、悲しいと思う。

毒を所持していたのを認めた、ということだけが取り沙汰され、黒鬼は反論の余地を与えられないまま投獄された。

厩舎《きゆうしや》の中に閉じ込められ、数日が経過したが、外へ出られる可能性は一向に見出せない。黒鬼は膝《ひざ》を抱えて息を吐く。

体が怠《だる》い。それでも、傷や打ち身による熱や痛みは薄れ、熱いのに悪寒《おかん》を覚えるという風邪《かぜ》の症状はだいぶ快復していた。厩舎にあった乾いた飼い葉と、村長の息子がこっそり差し入れてくれた水と僅《わず》かな食糧がなければ、そのまま死ぬところだったに違いない。

これから、自分はどうなるのだろうかと考えて、その詮《せん》のなさに首を振る。

捕えられた後、黒鬼はこの厩舎の中で兵士たちに自白を強要された。

毒薬を使い、皆を殺そうとしたのだと、ありもしない「事実」を口にさせられたのだ。

数日前のことを思い出し、黒鬼は身震いする。粟立《あわだ》った腕を、何度も擦った。

否定をすると、水の入った桶《おけ》に顔を押し込まれる。息苦しさは勿論《もちろん》、体温が奪われた。無論寝ることも許されず、意識が落ちる度に同じ行為を繰り返される。

彼らの望む答えを口にすれば責め苦から逃れられるのだと思うと、黒鬼は意地を張り続けることが出来なかった。

けれど、自供をしてしまったというのは、自分の未来がなくなってしまったのと同義だ。

恐らく、死罪。よくて流罪といったところだろうか。

流罪といっても、海の向こうになにがあるのかは誰も知らない。そして、流罪になった者の末路は、死罪とそう変わらないだろう。

どのみち、このまま放置されればいずれ死ぬ。もしかしたら、村の人々は黒鬼がここで朽ちるのを待っているのかもしれない。

そのほうが死罪よりも人の手を煩わせずに済む、という結論が導き出され、黒鬼は膝に顔を埋める。

「……ばあちゃん、ごめんなさい」

どうせ死ぬなら、家族が生きている間に死んであげればよかった。

そうすれば、少なくとも祖母は、あんな環境に身を置かれずに済んだかもしれない。黒鬼を産んだ家だと蔑《さげす》まれることもなかっただろう。

「……ごめんなさい……生まれてきて、ごめんなさい……」

黒鬼のせいで、まともな葬式もしてやれなかった。

坊はここにいていいんだ、という祖母の優しさに甘えてはいけなかったのだ。黒鬼は祖母が好きだったから、ずっと一緒にいたいと願ってしまった。

けれど、やっぱり自分から離れるべきだったと、こんなときになってから痛感する。今更悔やんでも、遅いというのに。

零れそうになった涙を拭《ぬぐ》う。そのとき、外から声が聞こえて、ふと顔を上げた。

——なんだか……外が騒がしいような……？

祭りのときの喧騒に似ている。けれど、遠くから聞くばかりだったいつものそれとは様子が違っている気がした。

高揚した雰囲気がない。なにより、今は祭りの時期でもない。

その異様な様子に、黒鬼は腰を上げた。ふらつきながら扉へ向かってみるも、当然外側から施錠されているので開かない。

「あの……どうしたんですか。……誰か、いませんか」

扉を叩いて呼びかけてみるが、応答はなかった。見張りの兵が立っているはずなのだが、誰も応えない。

もう一度試してみようと口を開くと、どこかで獣が絞められたときのような咆哮《ほうこう》が聞こえた。歓声ではなく、怒号と悲鳴が上がる。

——な、なに……？

その異様な雰囲気に、黒鬼は思わず扉から離れた。外からは相変わらず切羽《せっぱ》詰まった喚声が、それなのに時折笑い声が聞こえてくる。

一体、外でなにが起こっているのか判然としない。けれど、なにかよからぬことが起こっているのはわかった。

外を見ることが出来ないので無闇に募る恐怖に、無意識に後退《あとずさ》る。こくりと唾《つば》を飲み込んで、黒鬼は踵《きびす》を返した。途中足が縺《もつ》れ、転びそうになりながら、厩舎の奥、扉から一番遠い馬房へと逃げ込む。

その間もずっと悲鳴と怒号はやまず、黒鬼は怯《おび》えて耳を塞《ふさ》いだ。けれど到底遮音しきれるものではない。そのうち、煙の匂いもし始めてきて、厩舎の隅で黒鬼は小さくした身を震わせた。

それからどれほどの時間が過ぎたのか、気付けば周囲に静けさが戻っていた。

そろそろと耳を塞いでいた手を離す。なにも聞こえない。

——もう一度……呼びかけてみたほうが、いいんでしょうか……。

確かめるのは怖い。けれど、なにも知らないままでいるのはもっと恐ろしい。扉の鍵は相変わらず施錠されているだろうが、黒鬼はもう一度立ち上がろうとした。——その瞬間、厩舎の扉が音を立てた。

「——……っ」

びくりと体を竦《すく》め、扉の方向をうかがう。

村人だろうか。それともなにか別の、恐ろしいものが来るのだろうか。

逃げ場もなす術《すべ》もなく、馬房から顔を出してじっと見つめていると、扉が大きな音を立てた。

向こう側から、誰かが扉に衝撃を加えているようだ。どん、どん、と扉が揺れ、軋《きし》む。

間もなく、なにかが折れる音がした。そして、扉の隙間から光が漏れた。薄暗い厩舎の中に強い光が差し、黒鬼は慌《あわ》てて顔を引っ込める。心臓の音が、まるで耳の横に移動したのかと思うくらい近くに聞こえた。

「……古い厩舎のようですね。馬はいないようです」

「締め切られているせいか、黴臭《かびくさ》いな」

ぼそぼそとなにか話し声が聞こえる。誰かが中に入ってきた。黒鬼は両手で口を押さえ、身を潜める。こちらに向かって足音が近付いてくる気配がした。

鼓動が早まり、冷たい汗が滲む。無意識に上がりそうになる息を懸命に押さえつけた。数度瞬きをする程度の時間だったかもしれないが、黒鬼にとっては随分と長く感じられる。

爪先が見えた。――そう認識した次の刹那《せつな》、現れた人物と視線が交わった。

――え……？

その人物の姿に、黒鬼は思わず目を瞠った。

とても変わった格好をしている。

兵士の鎧《よろい》にも似ているが、革や木で作られたものではない。以前、村長の息子に見せて貰ったことのある鉄のような材質だ。こんな風に鎧を作れるほどの柔らかさではないものなのに、どんな技術で加工したのかと、目を奪われる。

そしてなによりも、彼は今まで見たこともない髪の色をしていた。村人のように赤色でもなく、まして黒鬼のような黒色でもない。太陽や、光と同じ色だ。信じられないくらい、美しい色だった。

茫然と見惚《みほ》れている黒鬼に対し、彼は不意に、息を吐いた。

「……いた」

低く柔らかな声が鼓膜を揺らす。眼前の彼の声なのだろうか。

ただ白く輝く美しい髪に目を奪われていると、彼は黒鬼の元に歩み寄り手を差し出してきた。

黒鬼に触れると災いが起きる。だから人々は黒鬼に近付こうとはしなかった。村長の息子だけは黒鬼の頭を小突いたりするが、彼以外と万が一接触した場合は、ひどい暴力を受けることがあったので、黒鬼もまた人の手を避けるようになったのだ。

だからこうして手を伸ばされるのは肉親である祖母以外では初めてで、黒鬼は反射的に身を引いた。

彼は微かに眉を寄せ、黒鬼の手を強引に摑む。大きな、温かい手の感触に、黒鬼は息を飲んだ。触っては駄目です、という言葉は、驚愕のあまり出てこなかった。

彼は黒鬼の手を引き、立たせる。馬房から引っ張り出され、たたらを踏みながらもう一度その彼の顔を確認した。

「わ、ぁ」

傍で初めて見たその瞳の色は、空と同じ、鮮やかな青色だ。

祖母や村人たちの虹彩にも似ているが、こんな色は見たことがない。

澄んだ空色の瞳は、あまりに作り物めいていて、彼が本当に同じ景色を見ることが出来るのか、黒鬼は不思議だった。

信じがたいものを目にして呆気《あつけ》にとられていたが、黒鬼の手を握る彼の手に力が入ったことで我に返る。咄嗟に振り払おうとしたが、思いのほか彼の力は強かった。

「あの、ど、どなたですか」

この美しい人に災いを齎してはならないと、黒鬼は思う。

彼が口を開くより先に、別方向から「無礼な！」と鋭い声が飛んできて、びくりと首を竦めた。

扉の近くに、数人の男たちが立っていた。けれど、眼前の彼よりもずっと武骨で、服装も似たような鎧を身に纏《まと》ってはいるものの、装飾等が少ない。

「気安く名前を訊くなど、不敬であるぞ。この方は我が國の第一王子――」

「――下がれ」

男が朗々と語り始めようとしたのを、眼前の彼が鋭く遮る。その言葉に、控えていた男たちは口を噤《つぐ》んで一度腰を折り、離れていった。

彼らのほうが体も大きく、一見強そうに思えるのに、と啞然《あぜん》とする。つまり目の前にいる人物は、彼らよりも位が高いのだろう。

なんと言っていただろうか、と先程従者と思われる兵士が言っていた言葉は、と口を開く。

「だいいち、おうじ……？」

だいいちおうじ、という名前なのだろうか。黒鬼は物や動植物の名称しか知らないが、こんな姿や髪の色をした相手には、ありきたりの名前は似合わないような気もする。

「変わったお名前ですね」

黒鬼の言葉に、彼は目を瞠った。

黒鬼は、とんでもないことをしでかしたと蒼白になる。

自分などが名前を呼んではいけなかった。一体彼にどんな不幸を与えてしまうのかと恐ろしくなり、黒鬼は頭を下げる。本当は土下座すべきだったが、手を摑まれているので出来なかった。

慌てる黒鬼を尻目に、王子は一人、思案するように頷《うなず》いた。

「なるほどな。語彙《ごい》や発音に多少の差異は見られるが、会話が成立する程度には通じるのか。やはり、ここは我が國とは独立した文化を持ちながらも、流れは汲《く》んでいるという……」

「わがくに？」

首を傾げると、王子は口を閉じてふと笑う。

それからおもむろに、黒鬼の顎を取った。

触ってはいけない、と言おうとしたが、青色の美しい瞳に見つめられると言葉が出てこなくなってしまう。睫毛《まつげ》も髪と同じ色だということに気付いて、また目を奪われた。

その睫毛に縁取られた青い瞳が、微かに細められる。

「変わっているな。……吸い込まれそうな色をしている」

自分なんかよりも、王子のほうがよほど変わっている。

黒鬼に似た目の色の者は、村人の中にも少しはいた。

けれど、王子のような空色の瞳を持つ者は、一人もいない。少なくとも、黒鬼は今まで一度も見たことがなかった。

微笑《ほほえ》み、王子は手を滑らせて黒鬼の髪に触れる。いたたまれなくなって、黒鬼は視線を彷徨《さまよ》わせた。

「あ、の」

髪の色も瞳の色も、格好も、その容貌に至るまで、王子には現実味がなかった。ましてや、こんな風に心安く黒鬼に触れる人間など、いるはずがないのだ。

暗い場所に閉じ込められていたから、夢か幻を見ているのだろうか。それとももう自分は死んでしまっているのかもしれない。

そんな思考を否定するように、王子は黒鬼の腕を引いた。他者と事故のように接触したとき以外、こんな風にしっかりと触れられた経験はない。

一度は落ち着いたはずの鼓動が早まり、うまく呼吸も出来なくなる。そういえば体調もまだ悪かった。よろめいている黒鬼に、王子は足を止めて額《ひたい》を撫でてきた。その温かさに、どうしてか涙腺が緩みそうになる。

「具合が悪いのか？」

「あ、いいえ。平気です」

はっとして、黒鬼は身を引く。王子は少しの沈黙の後、突然黒鬼を抱き上げた。

あまりのことに、黒鬼は目を回しそうになる。抱き上げられることなど、小さな頃、祖母にされて以来だ。黒鬼の意思に反し、ぐっと込み上げてきた涙に、深く動揺する。

「あの……あの、いけません。こんな、汚れてしまいます」

黒鬼の科白《せりふ》に、王子は軽く首を傾げた。

「……お前より、私のほうが土埃《つちぼこり》などで汚れているんだが」

「そうではなくて、それもですが、あの、汚れます、汚れてしまいます」

惑乱しすぎて言葉が出てこない。物理的な汚れもだが、黒鬼が触れることで、彼を不幸にしてしまう。だから下ろして欲しいのに、と目を回していたら、彼がふっと笑みを零した。

「……まさか、こんな性格だったとはな」

「え、え？」

意味を図りかねていると、こちらの話だ、と王子が笑う。

「お前、名はなんという？」

「え……」

この村にいる者は皆、黒鬼の呼称を知っているものだと思っていた。けれど、これで彼が「外」から来た人間だということを確信する。

「聞こえないのか？　……それともやはり言葉が通じないのか？　お前の名前は？」

「あの、ありません。知らないんです」

黒鬼、という呼称があるものの、それは「名前」とは違う。

ごく小さな頃に付けられたという名前も、黒鬼は知らなかった。

「名前が、ない？　そんな馬鹿な話が……」

答えようがないので「ありません」と返すと、王子の眉が顰められる。

なにかまずいことを言っただろうかと狼狽する黒鬼になにも言わず、彼は壊れた扉のほうへと歩みを進めた。

黒鬼の収容されていた厩舎は、村長の屋敷の横にあり、更にその近くには兵士たちの寮もある。無断で出たら、眼前の綺麗な人がどうなるかわからない。

「あの、あの」

「なんだ？　私はお前を戦利品として貰っていくぞ」

「せ、せんりひん？」

また、黒鬼の知らない単語が出てきた。困惑している黒鬼をよそに、王子は厩舎の外へ足を踏み出す。

西陽に照らされて、彼の顔貌《がんぼう》が今まで以上にはっきりと目に入った。

白い肌、輝く白金の長い髪、青い瞳。色彩だけでなく、切れ長の目も、通った鼻筋も、形のいい薄い唇《くちびる》も、なにもかも美しい。

その顔が笑みを作ると、まるで大輪の花が鮮やかに咲いたようだ。黒鬼は目を奪われ、息を飲んだ。うっすらと色づいた唇が、開かれる。

「――お前は、私のものだということだ」


見張りの兵士に見つかったら、ひどい目に遭わされる。

そんな予想は杞憂《きゆう》に終わった。

厩舎の外に出ると、そこには兵士どころか、立っているものは誰もいなかったからだ。

村長の屋敷の敷地は、山を除けば一番海抜の高い丘の上にあり、村が一望出来るようになっている。

黒鬼が見下ろした景色は、今まで一度も見たことがないほど凄惨《せいさん》な状況に追い込まれた村の姿だった。

家屋や家畜小屋は燃え、倒壊している。村長の屋敷からも、火が上がっていた。村人の姿はあったが、その殆どが傷を負い、縛り上げられているようだ。見る限りは、命を落としている者はいなそうで安堵《あんど》する。

大通りの中央には、王子や先程見た兵士と同じような格好をした男たちが数人集まっていた。その中でも一際背の高い、赤い髪の男が立っている。一瞬村人かと思ったが、その格好は王子と似ていた。

赤髪の男がこちらを振り返る。そして、大きく手を振ってきた。

思わず竦んだ黒鬼の背を撫でて、王子は彼のほうへと向かっていく。赤髪の男は王子の到着を待っていられないとばかりに、笑顔で走り寄ってきた。

「兄上、終わりましたよ」

「有り難う」

男の言葉に、この二人は兄弟なのかと内心で驚く。

近付いてみてわかったが、王子よりも、弟であるらしい彼のほうが上背があった。王子の背が低いわけではない。彼も、この島では高身長の部類である村長の息子よりも背が高かった。

そして、この兄弟は顔が似ていない。やや中性的な美しさのある王子に比べ、赤髪の男はいかにも男性的な鋭い顔立ちをしている。

「思ったより楽勝でしたね。これなら剣術を習い始めた子供のほうがまだ手ごたえがあった。殺さないほうが面倒でした」

　男が大声で笑う。この状況で笑えるなんて、一体どういう神経の持ち主なのだろうと黒鬼は恐怖を覚えた。

　信じがたいが、今の会話と周囲の状況を鑑《かんが》みると、彼らが村を焼き払ったようだ。縛り上げられた村人たちは、恐怖の滲んだ目でこちらを見ている。

　村人たちは黒鬼にとって、敵《かな》いようもない強大な存在だ。どんなに足掻いても抵抗など出来ず、自分は弱者として飲み込まれることしか出来ないものだと、そう思っていた。

　それが短時間で、たったこれだけの人数に制圧されてしまうなんて――。

「ん？　なんですかその汚い子供……子供？」

　機嫌よく笑っていた男の声が落ち、黒鬼は萎縮する。

「ああ、これが例の」

　合点がいったとばかりに頷き、男は黒鬼の髪を摑んで乱暴に引っ張った。不意に走った痛みに、黒鬼は頭を押さえる。

「うわ、変な色」

　対峙《たいじ》した男に怯えつつも、やはり躊躇《ちゅうちょ》なく黒鬼に触れたことに驚く。恐怖と動揺が綯《な》い交《ま》ぜになり、身を震わせていると、王子が男の手をやんわりと外させた。

「あまり乱暴に扱うな」

「……はい」

柔らかな声で窘《たしな》められ、男は気まずげに手を下ろす。

王子はびくついている黒鬼を地に下ろし、苦笑しつつも頭を撫でてくれた。

「これは私の弟だ。そう怯えずとも、お前に危害は加えさせない」

安心しろ、と言われて、ちらと男を見やる。

男は少しばつの悪そうな顔をして舌打ちをした。強そうな容貌なのは赤い髪の弟のほうだが、どうやら兄には敵わないらしい。

王子を見上げると、彼は微笑みながら首を傾げる。

糸のような長い髪が、眼前をさらりと流れた。それが光の筋のようで、黒鬼は目を奪われる。

「じゃあ、行こうか」

「あの、ど、どこへ……」

それには返答せず、王子が黒鬼の肩を抱く。その瞬間、背後から絶叫が聞こえた。

村長の息子だ。後ろ手に縛られ、周囲の者よりもずっとひどい傷を負っている。満身創痍《まんしんそうい》の彼は、叫び声を上げながらこちらに突進しようとして、王子の弟に鞘《さや》で打ち据えられた。村長の息子はあっさりと吹っ飛ばされる。

兵士たちに上から押さえつけられ、それでも彼は王子たちを睨み上げながら咆《ほ》えた。

「てめえら、黒鬼を放せ……っ!」

「なんだ、随分活《い》きがよいな。お前の知り合いだったか？」

王子と幼馴染みを交互に見やりながら、黒鬼は曖昧《あいまい》に頷く。

手当てをしなければ、と近寄りかけた瞬間、王子の弟に首根っこを摑まれて後方に引き戻された。喉《のど》から、動物が踏み潰されたときのような声が漏れる。

「離れていろ」

堪らず咳《せ》き込んだ黒鬼を見て、村長の息子は歯を剝《む》いた。

「てめえ、なにしやがる！　そいつをどうする気だ！」

「……口の利き方も知らないようだな」

「っ……！」

そう口にして、王子の弟は村長の息子の腹を蹴り飛ばした。

体を丸め、苦悶する息子に、村長が蒼白になりながら地に額を擦る。

「お許しください、どうか、お許しください……！」

いつも泰然《たいぜん》としていた村長とは思えぬ挙動に、黒鬼は目を瞠った。

なんでもするから、と懇願《こんがん》する村長に一瞥《いちべつ》をくれ、王子の弟はつまらなそうに鼻を鳴らす。

「お前の父親はそう言っているが？」

言いながら、王子の弟は爪先を村長の息子の顎に引っかけ、上向かせた。ぜえぜえと胸を喘《あえ》がせながら、村長の息子は再び「黒鬼を放せ」と言う。

自分なんかに、どうして彼がそこまで必死になってくれるのかわからず、黒鬼は狼狽した。けれど、前に立つ王子が遮るように腕を翳《かざ》す。

「黒鬼など、どうでもいいだろうがこの馬鹿息子！　そもそもこの災いこそあやつの……」

「きゃんきゃんうるせえな。俺はこいつと話してるんだよ」

「ひ……っ」

血を這《は》うような王子の弟の声に、慄然として再び村長が頭を下げる。村長の息子だけが、挑むような目で王子たちを睨み上げていた。今にも噛み付いてきそうな彼に、王子の弟が声を立てて笑う。

「いいねえ、こういう無鉄砲なの、嫌いじゃないんだよねえ俺」

農具よりも刃渡りのある剣を、王子の弟は煩わしそうに振り回した。

それを手で制して、王子が村長の息子を見下ろす。

「黒鬼、というのはこの子の名か？」

王子の問いに、村長の息子は唇を噛む。黙ったままの息子に、はらはらとした様子で答えたのは村長のほうだった。

「いいえ、『それ』は人ではないので、名前などありません」

「……人ではない？」

鸚鵡返《おうむがえ》しに問うた王子に、村長はひれ伏すような動作で肯定の意を示す。

「俺には人に見えるが？」

王子の弟が言うと、村長は首をゆっくりと横に振った。

「その髪は、人でないものの証です。黒は、凶兆。黒鬼はこの島の全てに災いを齎す不吉な存在なのです」

こうして村を焼き払われたのも、黒鬼がいたからだ。

村人たちがそう言っている気がする。身の置き所がなく、黒鬼は俯いた。

「――この程度の文化しかなくとも、こういうところは変わらぬものか……」

ぽつりと落ちてきた言葉に、黒鬼は顔を上げる。目が合うと、王子は辛そうに眉を寄せた。

王子の弟が、がりがりと首を掻き、肩を竦める。

「わ……っ」

腰を摑まれて、男の肩に担ぎ上げられる。抵抗しかけたが、暴れたら落とすと言われ、黒鬼は大人しく担がれたままになるしかなかった。

「じゃあ、この『不幸の象徴』を俺たちが連れていってやるよ。文句はないだろう？」

「勿論でございます」

「親父、あいつが殺されるかも知れないんだぞ……！」

「黙れ！　どのみちそうなる予定だったんだ！　願ったり叶ったりだろう！」

「黒鬼、待てよ！　どこ行くんだよ黒鬼……っ！」

どこに連れていかれるのかなんて、黒鬼にもわからない。

ただ必死に自分の名を呼ぶ青年に、なにか一言声をかけたかった。だが、結局なにも思い付かないまま、引き離される。

殺されるかもしれないと彼は言ったが、それはここにいても同じことなのだ。殊更に抗《あらが》うつもりは、黒鬼にはなかった。

担がれたまま流れる景色を眺め、その道筋が自分の家の方向だと黒鬼は知る。どんな用があるのかと思っていると、自分を担ぐ男が「おい」と呼びかけてきた。

「は、はい」

「……そういうことで、お前は俺たちと一緒に来て貰う。一応訊いておくが、なにか持っていきたいものはあるか」

「あ、ええと……家に、少しだけ」

家に？　と怪訝《けげん》そうな声が返る。後方を歩いていた王子に目を向けると、彼はどうしてか気まずげに顔を逸らした。

その意味は山を越えてからわかった。

集落から黒鬼の家までを馬を使って移動する。馬に乗れない黒鬼を同乗させてくれたのは王子だった。

初めての乗馬で数日振りに戻った場所に、黒鬼の家は残っていなかった。

家の建っていた場所には、崩れ、焦げた残骸《ざんがい》があるのみだ。恐らく、黒鬼の宝物も一緒に壊されてしまったに違いない。煙の臭いがしないので、彼らが来るより前に、家が焼失していたであろうことが知れる。

死んでも構わないと思っていたけれど、祖母との思い出の残る家や、宝物を失った悲しみは、想像以上のものだった。なにもない場所を、黒鬼は茫然と見つめる。

「……どうする。一応探してみるか」

王子に声をかけられ、黒鬼ははっとして頭を振った。

「いいえ。……大したものではなかったから、いいです」

そうか、と一言呟いて、王子は黒鬼の頭を撫でた。何故か泣きそうになってしまい、慌てて堪《こら》える。

「もう用事はないなら、こっちだ。乗れるか？」

なにを問われているのかわからず、けれど王子の指さす方向に視線を向ける。海岸に、小舟が停められていた。

舟に乗ったことはないが、恐らく大丈夫だろう。頷く黒鬼を抱き上げ、王子は小舟に一緒に乗ってくれた。他に数人が同乗し、舟が動き出す。

生まれて初めての舟に緊張していると、死角となっていた部分に見たこともないほど大きなものが隠れていたことに気が付いた。

「な、んですか……これ」

「なにって、船だろう」

ふね、と繰り返して、それを眺める。

全体的に木で造られているが、中央には高い棒が立てられており、白い布が結び付けられていた。こんなに大きなものが水に浮くとはひとえには信じがたかった。

「どうした?」

「あれ、ふねなんですか。今乗っているのがそうではないんですか」

黒鬼の問いに、同乗している兵士たちが笑う。そのうちの一人が教えてくれた。

「これも舟だが、あれが今回の航海で使用している船だ。今から乗るんだ」

「乗るって、これ」

到底飛び移れる距離ではない。

それとも、彼らは助走をつければこんな距離は飛び越えてしまうのだろうか。

色々と考えを巡らせていると、王子に腕を引かれた。

「あそこに艀《はしけ》があるだろう。まずはそこに乗ってから、船に移るんだ」

「そうなんですか。飛び移るのかと思いました」

「……この距離を、飛べるのか?　お前」

「いえ、飛べないんですけど。あなた方なら飛べるのかなと思いました」

ほっとしました、と胸を撫で下ろすと、王子は呆《あき》れたように笑った。

艀と呼ばれた大きな板のようなものに、言われた通りに飛び移り、船へと移動する。

その後はすぐに出航せず、彼らは村から持ってきた家畜や石などの荷を積み込み始めた。けれどさほど多くはなかったようで、陽が暮れる前に積み終え、船はゆっくりと動き出した。

遠ざかる島を見ながら、それが自分の住んでいたところだという実感は全く湧《わ》かなかった。

こうしてみると凄く小さなもののようにも見える。

することもなく、ただじっと眺めていると、王子とその弟が背後に立っていた。

「あの島なら、王になってもよかったかもな」

「え？」

「違和感もないだろうよ。この頭でも」

そう言って、彼は赤い髪を指で摘んだ。一体、どういう意味だろうか。

疑問ばかりが浮かぶが、それを問うよりも先に、王子が嘆息した。

「……なにを、馬鹿げたことを……」

なんでもないことのように言った男とは裏腹に、王子は辛そうな呟きを落とす。

不用意に訊いてはいけないことのようで、黒鬼はただ黙って二人を見上げた。

意味深な会話を交わした二人は、揃って黒鬼を見下ろす。

「どうだよ、俺が王になったら？」

「やめなさい、冗談でもそんなことを言うのは」

窘められながらもどうだと問い続ける男に、黒鬼は先程から疑問に思っていたことを口にした。

「あの……『おう』ってなんですか？」


船が目的地に到着したのは、夜が明けてからのことだった。

お帰りなさい、と王子たちを出迎える人波に、目が回りそうになる。体調はどうだと訊かれたが、多少の怠さなど吹っ飛んでしまうほど、驚いた。

こんなにも多くの人間を見たのは生まれて初めてで、港に降り立った黒鬼はおどおどと周囲を見回す。その様子に、王子が笑いながら背を叩いてきた。

「どうだ、我が國は」

どうだと言われても答えようもなく、黒鬼はただ「人が、人が」と繰り返した。船の中でも乗組員の人数の多さに圧倒されたが、それ以上だ。

驚いたのは人数だけではない。彼らの髪は、赤くなかったのだ。

勿論赤い髪の人物もいたのだが、濃茶色や栗色、金色など、さまざまな髪の色を持つ人間が混在していた。

建物も、今まで見たことのない建築様式であったし、その全てが村長の屋敷よりも立派で、色鮮やかで、美しい。そしてそれらが、肩書きを持たない庶民の家だと聞いてまた驚いた。

興奮の収まらない状態で、すぐさま馬車に乗せられた。ここから数時間かけて、別の場所へと移動するらしい。

獣の革のようなもので出来た椅子や、美しい布、綺麗に装飾された二枚扉の箱型有蓋馬車の中で、黒鬼はたまらなく居心地の悪さを抱える。もぞもぞと落ち着かない様子の黒鬼に、対面の王子がくすりと笑みを零した。

「こんなもので驚いていたら、城に着いたらどうなるのだろうな」

「『しろ』、というのはなんですか?」

「私たちの家だ」

家、と復唱し、黒鬼は対面の王子を見つめる。窓を横切る風景の中にある「家」が庶民のものだというのだから、彼の住むところはどれほどのものだろうか。考えても想像しきれず、少し恐ろしくなる。

「……殿下」

小さな声で呼びかけると、彼はなにかな、と微笑んだ。呼びかけてしまったことの罪悪感と、応えて貰えた幸福感に、黒鬼は戸惑う。

彼らには「黒鬼に名前を呼ばれてはならない」という概念がない。船の中で、他の乗組員たちが口々に名乗るもので、躊躇《ためら》いはあったものの、黒鬼は初めて人の名前を呼んだ。一晩で、沢山の人の名を口にした。不幸に陥れてしまうかもと恐ろしかったが、船は無事に港へ着いた。

彼らから聞いた話によると、目の前の人物とその弟は、この國の王子——つまり一番偉い人物の息子であるらしい。黒鬼の島でいうところの、村長の息子にあたる人物が「王子」なのだ。

金髪の彼が第一王子で、弟の赤髪の男は第二王子だという。彼らをどう呼べばいいのかと乗組員たちに訊いたところ、兄殿下・弟殿下と呼び分けるのだと教えて貰った。単に殿下、王子、と呼んでも構わないらしい。

「疲れたか？」

「あ、いえ……」

「もう少しの辛抱だ。城に着いたらゆっくりと休みなさい」

そう言って、王子は黒鬼に向かって手を伸ばした。白く長い指が、頬を撫でる。躊躇いなく触れられることに慣れず硬直すると、王子は花が綻《ほころ》ぶように笑った。

王子の宣言通り、緊張状態で連れていかれた「城」に、黒鬼は目を更に回した。

天井が、空のように遠い場所にある。

地上から見上げているのに、高いところから落下するような、足元が浮《うわ》つくような感覚がした。

思わずよろめくと、傍らに立つ王子が支えてくれる。

「す、すみません」

「あまり上は見ないほうがよいな」

前を見て歩きなさい、と注意され、黒鬼は足元に視線を落としながら慎重に歩みを進める。床の素材も今まで見たことのないもので、ひどく不安定に感じた。

足元に気を配りながら、先を歩く二人の王子を眺める。

王子と第二王子ではあまりにも雰囲気が違っていた。同じ役職であり、血の繋った兄弟だというのが俄《にわか》には信じがたい。

「あの……これから、どこへ」

「帰還の報告をしに行くんだよ。玉座におわすのが私たちの父である、この國の王だ」

玉座、というものがなにかわからなかったが、黒鬼は首肯《しゅこう》した。粗相をしてはならないと、気を引き締める。王子はふと笑い、また前を向いた。

その背中をじっと見つめていると、振り返った第二王子が眉を寄せる。

なにか気に障《さわ》ることでもしただろうか、第二王子はおもむろに黒鬼の腕を掴んだ。強い力に、黒鬼は小さく悲鳴を上げてしまう。

「――いいか、ここから先は俺の傍にいろ」

「え？　あの」

一体どういうことかと問うことも出来ないまま、第二王子に引き寄せられた。それから間もなく豪奢《ごうしゃ》で大きな扉が開かれる。

赤い敷物が長く延び、その両端には道を作るように立派な身なりの男たちが控えていた。

その赤い道の先にある金色に輝く椅子に、初老の男性が腰をかけているのが見える。

彼が、話に聞いていた彼らの父である「王」なのだろうか。

その顔をよく見ようとしたが、第二王子に乱暴に腕を引かれ、ままならなかった。

王子と第二王子の間に、黒鬼は膝をつく。せめて不調法な真似をしないようにと、黒鬼は口を噤んだまま頭を深く下げた。

「よく無事で戻ってきた。外遊は楽しかったか？」

低く静かな声が響き、二人の王子は頭《こうべ》を垂れる。

外遊、という言葉に些《いささ》か引っかかったが、黒鬼に発言権がないことはわかっているので、なにも言えなかった。

そもそも彼らが黒鬼たちの島にやってきた目的はなんなのか。あれは外遊というよりは、侵攻、というのに相応しくはなかっただろうか。

「ええ、それなりの収穫はありました。後程詳しい報告を致しますが、深成岩《しんせいがん》の採掘が可能で、その他ごく小さなものですが鉱山がありました。固有の動植物が存在するかはこれから先、調査する予定です」

「やつらは、こちら側のことは明確に把握していないようです。ですが、こちら側から行った、という名残《なごり》はいくつかありました。まず居住する土地を島と呼びながら、君主を『村長』と呼ぶのは、恐らく元はこちらの所属であるという――……」

二人の王子が報告を始める。一頻《ひとしき》り終えた後、王が口を開いた。

「――それで、それは……一体どうした?」

それ、というのはもしかして自分のことだろうかと、黒鬼は恐る恐る顔を上げる。

目が合った瞬間、王が眉を顰めたのがわかり、すぐさま視線を落とした。そんな黒鬼の腕を、第二王子が乱暴に掴む。咄嗟のことだったので体勢を崩し、黒鬼は床に伏す形になった。

「これは、島での戦利品のひとつです」

答えた第二王子に、室内がざわつく。

人間を攫《さら》ってきたのか、野蛮な、と方々から声が上がった。

王は眉を顰めたまま、第二王子に問いを重ねる。

「黒色とは、変わった髪の色だな。そして、囚人のような姿をしている、が……」

王は不審そうに、矯《た》めつ眇《すが》めつ黒鬼を見下ろす。

周囲のざわめきを断ち切るように、第二王子は心なしか大きな声で付け足した。

「囚人というわけではありません。あの島の住人は、皆同じような格好をしておりました。あちら側は生活水準も、文化も、なにもかもが低いのです。何百年も前のまま時間が止まっているようでしたね」

確かに、この國の文化と黒鬼の育った島の文化は、比較にもならないほど差があった。村長の宝物でさえも、この國では価値の低い——それこそ、道端の石ころのようなものなのかもしれないとさえ思う。

「けれど、黒色の髪をしているのは、この者だけです」

珍しいでしょう、と場違いなほど明るい声で第二王子は笑う。

「現状では、家畜とこれの他に獲れるものなど、あの島にはありませんでしたよ。体は小さいですが、年は俺とあまり変わりません。大体十八から二十《はたち》程度です」

第二王子の言葉に、黒鬼は目を丸くする。確かにその通りだが、まだ年齢の話はしていなかったはずだ。

しれっと答えた第二王子に、再び非難するような囁《ささや》きが増える。ひとりひとりの声量は小さなものかもしれないが、名状しがたいざわめきが大きくなる。

黒鬼はそれらに違和感を覚えた。けれどその違和感の正体を突き止める前に、王子の声が喧騒を断ち切る。

「——ですが、彼を連れてきたのは弟ではありません」

不意に割り込んできた兄の声に、第二王子が激しい動揺を見せた。

「兄上……！」

焦《あせ》るような、諌《いさ》めるような声を上げた弟に、王子は無表情のまま口を開く。

「本当のことではないか。……第二王子は家畜や荷を積んだだけ。この彼を攫ってきたのは、第二王子ではなく、私ですよ」

王子が名乗りを上げたことで、非難するような囁きは一瞬でなりを潜めた。

その様子に、先程覚えた違和感の正体を知る。

恐らく、王子たちは王を除けばこの広間にいる誰よりも地位が高い。それなのに、第二王子へ向けられた非難の声は、どこか侮《あなど》るような、嘲《あざけ》るような空気を纏っていたのだ。

けれど、同じ所業でも第一王子には、それが許されない。本来なら第二王子相手でも許されるはずがないのだろうが。その所以《ゆえん》が知れずに、黒鬼は首を捻《ひね》る。

黒鬼は王子の横顔をうかがったが、彼はなにも答えてはくれなかった。第二王子も勿論、教えてくれるはずがなく、唇を噛んだまま俯いている。

王は逡巡《しゅんじゅん》するような表情で嘆息し、黒鬼を見据えた。

「そちは、言葉がわかるか？」

「は、はい……大体はわかります」

知らない単語があったり、発音や音調に多少の違いがあったりもするが、この國の言葉と黒鬼の住んでいた村の言葉は、似た言語のようではあった。

黒鬼の受け答えに、王は頷く。

「訛《なま》りが強いが……その程度のようだな。では、そちのことを話してみよ」

促され、緊張しながら黒鬼は頷く。人と話すことが滅多になかった黒鬼は、うまく話せるのか自信がなかった。支離滅裂になりそうだと思いながらも、島でのことを話し始める。

「――俺の家は、島で唯一の薬師でした」

代々薬師の家系であり、黒鬼が生まれるまでは村長の屋敷の横に住居を構え尊重されていたのだと、祖母に聞いたことがある。

「でも、俺が生まれたことで、家族は村を追い出されてしまいました」

「えっ……」

横から上がった声に、黒鬼は振り返る。王子は口を押さえ、続きを話すように促した。

「何故、そちが生まれたことで村八分にならねばならんのだ」

「それは……」

王の問いや王子たちの言動に、黒鬼はひとつ確信する。

恐らく、この國には「黒髪が不吉」という概念がないのだ。誰も、黒鬼と接することに恐れに似た躊躇をしないのだろう。

「俺の育った島では、『黒髪』は凶兆として忌《い》み嫌われていたのです」

村人の髪の色は、多少の濃淡こそあれ、ほぼ全員が赤毛だ。稀に違う色の子供が生まれることもあるが、その中で黒は特別奇異な色で、忌避の対象となる。

黒髪の子供が生まれると、その年の天候は荒れ、作物が育たない、人死にが増える、という言い伝えもあった。

「馬鹿馬鹿しい。髪の色などで、その人間のなにがわかる……！」

王子が吐き捨てるように言うと、心なしか周囲がざわめく。

なにか彼の不興を買ったのかと黙り込むと、王に続きを促された。

黒い髪の子供が生まれた場合は、村を追い出されるか、その子供を殺すかの二者択一となる。

両親も、祖母も黒鬼を殺そうとはしなかった。けれど、そうするべきだったのだ。

両親は黒鬼が物心つく前に、他界していた。詳しい原因はわからないが、村人からは黒鬼が生まれたせいだと言われたことがある。祖母は否定していたが、それが事実なのではないかと黒鬼は確信めいたものを抱いていた。

黒鬼が生まれて数年後に疫病《えきびょう》が流行《はや》ったのだと祖母から聞いたが、その疫病で亡くなったのかはわからない。或いは我が子が呼んだ不幸だと悲嘆にくれて自ら命を絶ったのか、はたまた我が子の罪を贖《あがな》えと言われたのか――それだけは、真相を知らないので黒鬼は口にしなかった。

「だが、唯一の薬師なのだろう？　重用されるのではないのか？」

「いいえ。ですから……俺の家からは度々薬が盗まれることがありました」

「正面から入ればよいものを」

祖母が生きているときは、皆そうしていた。けれど祖母が亡くなってからは、利用する者が殆どいなくなってしまったのだ。

「それだけ、俺と接することを皆が嫌がっていたんです」

それでも、病《やまい》にかかれば頼らざるをえなくなる。だから、盗みに入ったのだ。

「薬には、摂取するのに適切な量があります。過剰に摂取すれば死に至ることもあるんです。だからこそ、薬師が必要なのですが……」

それで人がひとり、命を落とした。その咎《とが》で審問にかけられ、厩舎に幽閉されたのだ。けれど、王子に「囚人ではない」と庇われたので、そこは敢《あ》えて言わなかった。

説明を終えると、王は長い溜息を吐いた。

「背景は大体わかった。それで、そちの名は？」

「名前は……、俺は名前を持つことを許されていなかったので、持っていません」

「……そういう文化なのか？　全員名無しでは不便であろう」

怪訝な声に、黒鬼は頭を振る。

「いえ、普通はあります。名前がないのは俺だけです。黒鬼、と呼ばれていましたが……」

「では『黒鬼』というのが名前ではないのか」

「それは名前ではなく……なんというか、『犬』や『馬』などのように、あくまで人間と区別をするためのものです」

黒鬼の言葉に、王は顔を顰《しか》めた。

「……私には、角も牙《きば》もないそちは『人間』に見えるが」

その言葉に、黒鬼は首を傾げる。言葉がうまく伝わっていないのかもしれないと、もう一度言い直す。

「いいえ？　人間というのは、あの島では赤い髪を持つ人を呼ぶ言葉です」

今度は従者たちも、一様に「惨《むご》い」とざわめき、眉を顰める。

肉親以外には名を呼ばれる必要性も特になかったし、不便に思ったことはない。けれど、王子たちや王の反応を見て、彼らの世界では、己の置かれていた環境は異常なのだと知る。

王は肘《ひじ》置きに頬杖をつき、嘆息した。

「では名前を……、お前の主に付けて貰うといい」

あるじ、と口にして、黒鬼は王子たちを見やる。二人は顔を見合わせ、先に口を開いたのは兄の第一王子のほうだった。

青い瞳に見つめられ、黒鬼はどぎまぎしてしまう。

「……では『夜《よる》』で、よいと思います」

「よる？」

夜、というのは、朝昼夜の夜のことだろうか。王子が頷くのに、第二王子はあからさまに戸惑った表情を浮かべていた。

「あ、兄上……こいつの髪が黒いからって、それはあまりに安直すぎやしませんか」

弟の指摘に、王子は首を傾げる。煌《きら》めく糸のような髪が、さらりと流れた。

「そうか？　お前も、もっと違う名前のほうがいいか？」

どうだと尋ねられて、黒鬼――夜は、はっと我に返って首を振る。

「いいえ！　……いいえ」

自分は、死ぬまで黒鬼と呼ばれるのだと思っていた。

黒い髪に生まれたことを後悔しなかった日はないが、それを由来として、与えられるはずのなかった「名前」を貰うことが出来るなんて、夢にも思わなかった。

夜、と唇に乗せると、胸の奥から嬉しさがどんどんせり上がってくるような心地がする。

初めて名前を貰った。

黒鬼ではない。大好きだった祖母と同じ、人なのだと、王子に認めて貰えた。

今までずっと厭われ、厭うていたものを、王子に受け入れて貰ったような気がして嬉しい。その事実に高揚した。

感極まって無言でいる夜に、王子が「夜」と呼びかけてくる。それが自分の「名前」なのだ。胸が、震える。

「……有り難うございます。俺、大切にしますね」

高鳴った胸の奥が、熱くなる。

笑いかけると、王子はどこか戸惑うように視線を逸らしてしまった。

なにかまずいことでも言ってしまったのだろうかと思ったが、夜が勝手に発言をしていい場ではないと判断し、そのまま口を閉じる。

「して、その『夜』をどうするつもりだ？」

「側仕《そばづか》えにします」

王子の返答に、王は一瞬眉を顰めた。けれどすぐに強張《こわば》りを解き、息を吐く。

「……ならば、官の育成機関でまずは勉強をさせる、ということだな。だが先程の話では諸々の水準が低いというし、本人にも相当の努力が必要――」

「いいえ。ひとまずは休息を取らせます。いずれは本人の希望を叶えるつもりですが」

静かだが強い口調で、王子は王の言葉を遮った。王は目を瞠り、それからすぐに言葉を継いだ。

「……では、家を用意させよう。今日は学生寮の空きに」

「それも必要ありません。夜は、今日から私の部屋に住まわせますので」

「な……っ」

いち早く反応したのは、第二王子だった。それから一拍遅れて、周囲がざわめき出す。

夜だけが、現状を理解出来ずにいた。

「兄上！」

「寝台を用意する必要もありません。側仕えですから」

「お前、まさか……いや、なにを申して……」

王の顔色がみるみる青ざめ、玉座に縋《すが》るようにして俯く。

「兄上、なりません！　危険です！」

「その者の、夜の身の上については同情しよう。お前の博愛精神も素晴らしいとは思う。しかし、得体の知れぬよそ者と、男と――」

「もう決めたのです」

断ち切るように言い放った王子に、王は今度こそ言葉を失った。

周囲の喧騒が、一段と大きくなる。ともすれば、王の言葉が届かないほどに。

王子の発言の重大さがわからず、けれどこれは歓迎される事態ではないのだというのは察せられて、夜はおろおろと周囲を見回す。

第二王子は、唇をわななかせ、茫然と兄を見つめていた。その視線が夜へと逸れ、険《けん》を帯びる。

それを庇うようにして立ち、王子は夜の腕を引いた。

「で、殿下……」

まだ動揺の収まらない周囲を置き去りに、王子は玉座の間を後にする。引きずられるようにして夜はついていった。

無数の視線が突き刺さってくる。島ではひたすら目を逸らされる存在であった夜は、慣れぬ状況に、胸に重いものを乗せられたような息苦しさを覚えた。

扉を抜けたときに、門兵が敬礼をしながらも夜を注視するのがわかる。その視線にどういう感情が含まれているのかわからず、夜はいたたまれない気持ちになった。

「あの……殿下」

呼びかけてみるものの、王子は夜のほうを向いてはくれない。夜も、大股《おおまた》で歩く王子の後についていくのがやっとだ。

「兄上……！」

数秒遅れて追いかけてきた第二王子に名を呼ばれ、ようやく王子は足を止めた。

第二王子が走り寄り、王子の腕を摑む。

「わざわざ誤解されるようなことを……なぜ！」

「誤解……？　誤解などではないと、お前は知っているだろう？」

自嘲《じちょう》気味に笑った王子の言葉に、第二王子の瞳が傷ついたように歪む。

「嘘だ。それは、俺に――」

「そうだとしても、まるっきり嘘ではないさ。それに、そのことと夜のことは、直接は関係がない。お前は勘違いしている。私は、お前が思っているほど高潔な兄ではない」

冷たく言い放ち、王子は弟の腕を振り払った。

第二王子は逡巡するように唇を動かし、不意に夜を見やる。

その瞳に、強い憎悪が浮かんだ。それを肌で感じた次の瞬間に、腕を乱暴に摑まれる。

「お前が……！」

「……っ」

彼の握力は強く、このまま折られてしまうのではないかと本能的に怯《ひる》んだ。

「やめろ！　夜は関係ない！」

体を割り込ませ、王子は夜を庇うように立つ。くそ、と悪態をついて、第二王子は首を振った。

「兄上、一体どういうおつもりなんですか。兄上は、いつもは……」

「――いつもは、王や大臣の好む言動しかとらない、か？」

どこか露悪的に呟いた王子に、第二王子は目を瞠る。それから彼は悲しげな顔をして唇を噛み、俯いてしまった。

二人の間に挟まれ、夜はただおろおろとするしかない。

けれど、弟と同じ傷ついたような瞳をして、王子は夜の手をぎゅっと握った。

「あんな島で、などと言わずに、お前はこの國で王になればよいのだ」

「兄上！」

「お前のほうが、相応しい。これで、皆もそのことに気付くだろう。そう思い直すだろう。私は、身勝手で愚《おろ》かな男だ」

兄上、という縋るような声を振り切って、王子は夜の手を引く。

振り返ると、置いていかれた子供のように、第二王子がいつまでも立ち尽くしていた。

王子の自室は、夜の予想よりずっと広かった。

ひとつの部屋だというのに、夜の住んでいた東屋が何個も入りそうな広さがあることに、いちいち驚いてしまう。いくつか扉が付いていて、衣裳部屋、書斎、浴室、不浄場などがあると教えて貰った。

寝台も、一体何人用なのかと思うほどに大きく豪奢で、言われるまでそれが寝台だとはわからなかった。寝床だというのに天蓋《てんがい》が付いていて、仕切り布のようなものが下がっている。

足元の床にすら柔らかな布が敷いてあり、普段夜が寝ていた板の寝台よりずっと眠るのに適していそうだ。

ぽかんとその部屋を眺めていると、黒い服を身に着けた女性たちが数人やってくる。彼女たちは夜に一瞥もくれず無言のまま、寝床の用意をし始めた。

いつの間にか用意されていた葡萄酒《ぶどうしゅ》を口にしながら、王子は首を傾げる。

「……なにをしている。そこに立っていると女官の邪魔になるだろう」

女官、というのは彼女たちのことだろうか。

再び女性たちに目をやると、全くその通りだというように睨み付けられる。夜は泡をくったように王子から離れた壁際へと身を寄せた。

そんな夜の様子に、王子は目を瞬かせる。

「何故遠巻きにする？」

指摘されて、夜はびくりと尻込みした。

村から連れてこられたときからどこか緊迫した雰囲気はあったが、先程の今では近寄りがたいにも程があった。

それに、王子にはきっと気安く近付いてはならない。第二王子に睨まれるのは、恐ろしかった。

「あの、先程弟殿下が……」

おずおずと申し出ると、王子はそれだけで察し、頷く。

「ああ、弟のことは気にしないでいい」

あっさりとした返答だが、そうですかと納得するわけにはいかない。近寄れないまま立ち尽くす夜に、王子は苦笑した。

「あの子は、私に気を遣いすぎて困る」

「そうなんですか……？」

二人の間にただならぬ空気は感じていたが、夜には会話を聞いてもその原因がわからない。

「……まあ、私にしては大立ち回りを演じたつもりだが、どうだろうな。王や弟が箝口令《かんこうれい》を布《し》くだろうし、あまり期待は出来そうにもないな……」

「はあ、ええと」

王子の言葉は難解だ。どう答えたものかと逡巡していると、王子は長い髪を掻き上げた。

「それよりも、その身形《みなり》をなんとかしよう。女官たちも扱いに困っているようだし」

王子の言葉を肯定するように、女官たちは夜に目を向けて頷く。

そういえば先程「囚人のような」と言われていた。実際囚人には違いないが、これはあちらでは平服だ。でも、こちらの基準で大変みすぼらしいことは今日一日で充分理解した。

事情を知らない彼女たちにとっては、王子と囚人にも見える夜が同じ部屋で談笑しているというのは、妙な光景に映るだろう。主だけでなく己にもなにか危害が及ぶのではないかと危惧《きぐ》しているのかもしれない。

「大丈夫、この子は囚人ではないよ」

そう言われましても、という顔をして、女官たちは困惑の色を浮かべる。夜もまごついていると、いつの間にか目の前に王子が立っていた。

「ひ……っ」

壁際に追い詰められ、背中を打つ。王子は壁に手を突き、夜が逃げられないように立ちはだかった。

「着替えはあるが、その前に風呂にでも入るか？」

にっこりと笑う王子に気圧《けお》され、夜はぶんぶんと首を縦に振る。

「あ、あの、じゃあ、お城の外に川がありますよね。そこへ……」

「川？　川など……いや、あれは川ではなくて、堀だ。落ちたら出られなくなるからよしなさい」

夜の発言に、王子と、その背後に控えていた女官が瞠目《どうもく》する。

「まさかとは思うが、風呂に入ったことがないのか？」

「はい、あの、俺の家、お風呂がなかったんです」

村長の家や、裕福な家庭にはあったようだが、夜の家に風呂は設置されていなかった。小さな頃に祖母の診療についていったときに見かけたことがあるので、どのようなものかはわかっているが、利用した経験はない。

体を清めるときは、雨水を沸かして体を拭き、面倒なときはもっぱら夜中に川や海で行水《ぎょうすい》をしていた、と言うと王子よりも先に恰幅《かっぷく》のよい年嵩《としかさ》の女官が「まあ！」と声を上げた。

なにかおかしなことを言っているだろうかと不安になっていると、彼女に腕を摑まれる。肉厚の温かい手は祖母の記憶を蘇《よみがえ》らせ、思わずどきりとした。

「あの……？」

「そんな恰好《かっこう》して、囚人かと思えば違うというし、一体どこの未開の田舎から出てきたのかと思えば、あんたさては、貧乏だね？」

「女官長……その言い草はあんまりではないか？」

王子が苦笑しつつ窘めると、失礼いたしましたと澄ました表情で顎を引く。

けれど、彼女の言葉で他の女官たちの夜に対する警戒心が薄れたのも感じた。

「じゃあまずは、体を磨きましょうか。あんた、側仕えになるんだろう？　恐れ多くも殿下とご一緒申し上げるのなら、それからだわ」

「え？　あの」

疑問符を浮かべる夜を無視し、女官長は王子を振り返る。

「ようございますね？」

睨むようにして問われ、王子は苦笑しながら肩を竦める。それがどういう意味なのかわからずに、夜は王子と女官の顔を見比べた。

「まあ、ここから先は女官長に任せなさい。ひどいことにはならないから。多分」

「さあ行くわよ。まったく、いつから洗ってないのだか」

「あの、一体」

夜は引きずられるようにして浴室へと連れ込まれる。

王子が「気をしっかり持て」と言って手を振った。それからすぐに、夜は王子の言葉の意味を知ることになる。

「……なにがそんなに面白いんですか」

夜が浴槽の縁にぐったりと身を投げつつ頬を膨らませると、王子は湯を掻き混ぜながら笑った。

「すまないな」

そう言いながらも、王子はくすくすと笑っている。王子に非はないし、別にひどいことをされたわけではないのだけれど。

あの直後、夜は浴槽に放り込まれて一糸纏わぬ姿にされた後、石鹸《せっけん》を使って数人の女官に皮膚《ひふ》を擦られた。石鹸自体は、道具の手入れなどで使ったことはあるが、それで体を洗ったのは初めてだ。

それに、夜の知っているものとは少し成分が違っているようだ。香りも違うし、泡立ちにも差異が見られた。

けれど、複数人の女性に裸を見られてしまっただけではなく、隅々まで体を触られてしまい、一体どのように精製しているのだろうと考えを巡らせる余裕は夜にはなかった。

とにかく、とんでもなく恥ずかしい時間だった。必死に抵抗する夜が面白かったのか、夜の体の部位を言葉で形容されたり、洗う目的ではなく突かれたりして、揶揄《からか》われてしまうのだ。

そんな様子を王子が傍観している、という状況もますます夜の羞恥心を煽った。それに、「汚いわ」「まだ汚れている」と何度も言われているうちに、身の置き所がなくなったのもある。

彼女たちは夜の体を擦り、浴槽の湯を捨てた。それを幾度も繰り返し、抵抗する気力も体力もなくなった頃、ようやく及第点が出たらしく、王子も同じ浴槽に入ってきた。彼も裸になったのに驚き、浴槽の端へ逃げたが、王子本人は全く気に留めていないようだ。

夜の体を擦ったときと打って変わり、撫でるようにして王子の体は洗われる。それから程なくして、女官たちは浴室から姿を消し、今は二人きりだ。

随分広いと思っていた浴槽は、二人で入ると狭く感じる。ともすれば肌が触れてしまいそうで、夜は体を縮こまらせながら出来る限り端へ端へと寄った。

「なにをしている？　もっと寛《くつろ》ぎなさい」

「でも……」

触れてしまうから、と言うと、王子は目を瞠った。そして優しく微笑みながら、長い髪を自分の耳にかける。たったそれだけの仕種《しぐさ》と、露《あらわ》になった首筋に、心臓が大きく跳ねるのがわかった。

「ここはあの島ではない。お前を不当に厭う者などいないのだから、もっと普通にしなさい」

「ええと」

とはいえ、反射的にそう思ってしまうのだから、どうしようもないのだ。それに、ただでさえ不慣れなのに、裸で肌に触れるというのは妙な緊張を覚える。

「――とはいっても、お前にはこれから色々と迷惑をかけるかもしれないな」

王子の発言に、夜は首を傾げる。

一体どういうことなのかと問いかけた夜の唇に、王子の指が触れる。

不意の接触に、夜はびくりと体を強張らせた。王子は笑い、手招きをする。

「誰にも聞かれたくないのだ。こちらへおいで」

扉の外には女官が控えている。けれど、近付いて声を潜めれば、会話の内容は漏れないだろう。

突然風呂に入ったのは、そういう意図もあったのだ。彼の目的は初めから、夜と二人で話をすることだったのかもしれない。

躊躇しながらも夜は王子に近付く。けれどまた無意識に距離をとってしまい、王子は嘆息して、夜の腕を引いた。

「こちらへ」

「あ……」

触れた素肌に、思わず身を引いてしまう。それを咎めるように、王子は夜を強引に抱き寄せ、己の膝の上に乗せた。

香りのいい湯が波立ち、水音が響く。

「あ、の」

流石に、これは恥ずかしい。かあっと頬が熱を持つのがわかる。

赤ん坊でもあるまいし、と思ったのが顔に出たのか、王子は夜の項《うなじ》に触れ、抱き寄せた。

鼻先が触れるほどの距離に、夜は瞬きを繰り返す。

「……声を潜めて話すんだから、これくらい近寄らないと駄目だ」

「は、はい……わかりました」

聞かれたくない話があるのだと言っていたことを思い出し、顔を引き締める。絶対に厳守しようと心に誓い、真剣な表情を作った夜に、王子は「いい子だ」と笑んだ。

村で薬師をしていたときも、村人各個人の情報は絶対に漏洩《ろうえい》しないようにと祖母に言い含められていたので、秘密を守るのは得意だ。もっとも、情報を漏らそうにも会話の成立する相手がいなかったのだが。

「お前の島では、誰が政《まつりごと》をしていた？」

「まつりごと……？」

「ええと、そうだな。誰が一番偉かった？」

「長《おさ》……村長です」

村には四つの区があり、それぞれに区長がいたが、村長は更にその上の地位に就いていた。村長は一番大きな屋敷に住み、最も海抜の高い場所に住んでいたのだ。

「村長は、どういう基準で選ばれる？」

「基本的には、村長の長男が選ばれると聞きました。男が生まれなかったら、孫の代に持ち越すんだったと思います」

王子の言葉に、夜は頷く。

「我が國で一番偉いのは『王』だ。そして、次期王になるのは、原則として夜の住んでいた島と同じだ。長男……まあ、私だな」

「頑張ってくださいね」

夜がにっこりと笑うと、王子は一瞬目を丸くした。それから苦笑する。

「私よりも、本当は弟のほうがずっと王になるのに相応しい。そのほうが、民のためにもなるだろう」

相応かどうかは問題なのだろうか。

王にせよ村長にせよ、なるべくしてなっているのであって、そこに資質というのは関連しないように思えた。

「殿下が王にならないことは、民のため、なんですか?」

疑問をぶつけると、王子は睫毛を伏せる。

「政治に関わってくる貴族や職業組合などには、私のほうが受けはいいんだ。私には彼らの考え方がわかるし、彼らの望むことをしてやれると思う。しかし、私には民の心……考えていることや、希望というものがわからない」

「ええと」

「政をする者が、政をしやすいようにすることは出来るが、民が心豊かに暮らすための政の仕方はわからないのだ」

王子の言葉が理解出来ず、夜は頭を掻く。

「夜は、王になるのはどちらが相応しいと思う？」

「えっと、すみません。俺には全然わからないんですけど……『まつりごと』というのは、一体誰のためにするものなんですか？」

具体的に「政」がどんな作業を指すのかがわからず問うと、王子は思案するように俯いた。

「民のため、だと私は思っている」

「じゃあ、民の気持ちのわかる人のほうがいいんでしょうか？」

「でも、政をするのは貴族たちで、彼らが動いてくれなければ立ちゆかないのだ」

「……うーん……」

どちらの気持ちもわかればいいんじゃないだろうかと思ったが、それは難しいなと一蹴されてしまう。

首を捻りながらうんうんと唸《うな》っていると、王子はこほんと咳払いをした。

「だから、ひとつお前に頼みがあるのだ」

「ひえっ」

王子が、夜の首筋に触れる。擽《くすぐ》ったさに、反射的に飛び上がってしまった。

「た、頼み、ですか？」

「そう、私の恋人になってくれないか？」

「恋人……？」

　勿論振りで構わない、と言われ、首を傾げる。

「恋人って、番《つがい》ってことでしたっけ？」

　普段耳にしない単語なので、一応確認を取ってみる。

　夜の問いに、王子は一瞬目を瞠り、それからくすくすと笑い出した。

「番って、動物じゃないのだから……」

　似たようなものだけど、と王子が笑う。

　けれど、番は男女でなすものであり、男同士でなど聞いたことがなかった。

　確かに王子は今まで見てきたどの女性よりも美しいけれど、流石に番をなすのは難しいのではないだろうか。なにより、振りとはいえ、夜が「恋人」として釣り合いが取れるとは思えない。

　そして、どうして突然そんな要求をされたのかもわからなかった。

「駄目か？」

「駄目と言うか……どうして、その……あの、殿下もですけど、俺も……男、です」

　王子は夜の髪に触れ、首肯した。

「そう。自然の摂理に反している。問題がある。……王たるに相応しくない、と言われるには、いい理由だと思わないか？」

　一瞬納得しかけたが、果たして、そういうものなのだろうか。この國における一般常識に関して疎《うと》い自覚はあるので、反駁《はんばく》しようにも言葉が見つからない。

ただひとつ、浮かび上がった疑問を口にしてみる。

「殿下は、王になりたくはないのですか？」

「――」

王子は虚《きよ》を衝《つ》かれたように瞠目した。先程からの話を総合すると、王子は「王になるのに相応しくないと皆に思われたい、王になりたくない」のであろう。だから、不釣り合いな夜を仮初《かりそめ》の恋人に仕立てると、そういうことだ。明確に王子が口にしたわけではないので確認したが、彼は美しい顔に微笑みを浮かべ、答えともつかない言葉を口にした。

「……お前ももう、元の場所には帰れないだろう？」

船で半日ほどかかる場所だ。自力では帰れないし、戻ったところで受け入れられるとも思えない。夜は、村を半壊させた人々に連れてこられてしまったのだから。

無意識に噛んだ唇を、王子の指が労《いたわ》るように撫でていく。

「事後承諾のようですまないが、諦めてくれ。私の傍に置くことで、夜には色々と迷惑をかけてしまうと思う。だから、その代償に、お前の一生を保障すると約束しよう」

王子が後ろ楯になってくれるなんて、破格の待遇に違いなかった。それを断る利点はどこにもない。

夜にはもう、戻れる家などないのだ。

「……わかりました。恋人の振り、ですね。でも――」

言いよどんだ夜に、王子は怪訝そうな表情を浮かべる。

「やっぱり嫌なのか？」

「いえ、そうではなくて……あの、俺は村でも弾かれていた身ですし、あまりにも……」

「そんなのは、この國では関係ない」

「それでも、俺になんの身分もないっていうのは変わらないですから」

村長も、その息子も、それなりに裕福な家の娘を娶《めと》っていた。勿論見た目も重視された。

結婚相手ではなく恋人とはいえ、やはり、得体の知れない、みすぼらしい自分と王子が一緒にいるのはまずいのではないだろうか。

そう憂慮《ゆうりょ》した夜に、王子は思案するように腕を組む。黙り込んでしまったので、夜は図々しいことを言ってしまったと後悔した。

しばし沈黙したのち、王子はううんと唸りながら「わかった」と口を開く。

「貴族の称号を与えるのは些か難しいかもしれないが、そうだな……仕事を得るというのなら、出来なくはない」

「仕事、と仰《おっしゃ》いますと」

「王立の医療研究所がある」

「王立医療研究所……ですか？」

耳慣れない単語に疑問符を浮かべると、王子は頷く。

「國内の医療や調薬を担うところだ。そこでは医療関係者の養成や、薬草園などの管理も行っている。島で薬師をしていたのだろう？　この國にも似たような仕事がある」

「本当ですか？」

小さな頃から祖母と一緒に薬師の勉強はしてきたが、ここに来て同じ仕事が出来るとは思ってもいなかった。文化が進んでいても、同じ職業というものは存在するらしい。

「あ、有り難うございます……！」

頭を下げ、話題が逸れてしまったことにはたと気が付く。本題は身分がないことそのものではなく、そういう人間を傍に置いてはあまりに問題があるのではという話だったのだ。

王子の長く白い指が夜の髪に触れた。

「お前の、夜のためなら」

夜のため、という言葉が甘く響く。何故そこまで、夜に心を砕いてくれるのだろうか。きっと深い意味などないのだと自戒しながらも、その言葉はひどく甘露《かんろ》で、夜を動揺させた。

恋人の振りをするように頼まれたのだから、平然と受け止めなければならない。けれど今まで見たこともない美貌の王子に触れられると心が揺れる。

ぎくしゃくとする夜を見て、王子はぷっと吹き出した。

「恋人なのだから、これくらいで赤くなるな」

「すっ、すみません……」

「とりあえず、二人で周囲を欺《あざむ》くには連携が大事だ。摺《す》り合わせのためにも、毎日ここで打ち合わせをしよう。その日あった出来事も、ここで報告して貰う」

いいな、と言い含められ、夜は何度も首肯した。

「褒美というわけではないが、落ち着いたら夜によいものをあげよう」

「あ、有り難うございます。頑張ります」

夜の返答に王子が満足したように頷くと、濡れた金色の髪が、さらさらと揺れる。

無意識に手を伸ばした夜を咎めず、王子はされるがままになっていた。

「殿下の髪は、太陽の色ですね」

城の中でも何人か、金色の髪をした者を見たけれど、王子の色が一番美しく、綺麗だ。

初めて触れたが、触り心地も、真っ直ぐなのに柔らかい。いつまでも触っていたくなるような感触をしていた。

「弟殿下は、普通の赤でしたけど」

夜の科白に、王子が苦笑する。

「普通の、ね。あの色は貴族には――特に王族にはあるまじき色だとされているがな」

「え……？」

「城に入ったときに気が付かなかったか？　王と私、それからあの場にいた貴族も含めて、赤髪は殆どいなかっただろう」

言われて思い返してみれば、確かにそうだったかもしれない。もしかしたら、赤髪率は皆無に近い。

「お前たちの村とは逆だな。この國では、赤髪は長らく蔑視《べっし》の対象だった」

「そんな……そうなんですか？」

王子曰《いわ》く、それは夜の住んでいた「島」の成り立ちにも恐らく関わることだという。けれどそれはまた今度、と王子は話を切り上げた。

「無論、今はそういった差別は許されていない。人は皆平等だ——建前上はな。未だに、根強い差別意識が残っているし、弟は、みっともない髪の色だと平気で言う」

「そんな……みっともないっていうのは、俺みたいな髪の色のことを言うんですよ」

こんなに広い國だというのに、夜のような髪の色をした者は、まだ見かけていない。濃い茶なら城の中でも見かけたというのに。

夜の言葉に、王子は意外そうな顔をした。

「そうだろうか？　今まで見たこともない……美しい髪の色だと思うが」

王子の指が、夜の髪を梳《す》く。その瞬間、背筋が震えて、夜は息を飲んだ。

「私の髪が太陽なら、お前の髪は夜の色だ」

磨かれて艶の出た髪を一房掬《すく》い、王子は夜の髪に唇で触れる。

髪に神経など通っていないはずなのに、擽られているような錯覚に夜は微かに身を引いた。王子の空色の瞳が夜に向けられ、笑みの形を作る。

「あの、でも」

狼狽しながら無意味に言葉を紡ごうとした夜の唇を、王子が人差し指で塞ぐ。柔らかく唇を押され、鼓動が早まった。王子に伝わってしまうかもしれないと思うと、ますます心臓が暴れ始める。

小さい頃、村の若い男と女が、こんな風にじゃれ合っているのを見たことがあった。

これは、「恋人」の予行演習なのだろうか。

「……お前のいたところと比べるとよくわかるが、場所や時代が違えば価値観など変わる。そんな不安定なものに、意味などそれほどないのだ」

王子は、夜を庇って言っているわけではない。

彼の考えでは、本当に髪の色は差別の対象になりえないのだ。

「お前の髪は美しいよ。安らぎを覚える夜の色だ」

だから、卑屈《ひくつ》になることなどない、と王子は重ねる。

今までそんな風に言ってくれた人は、肉親を含めても一人もいなかった。新鮮な驚きと嬉しさに胸が疼く。

王子はふと笑って、夜の胸元に顔を埋めた。

「たかが髪の色で、人間の優劣など決まらない」

王子の言葉に、夜は朧《おぼろ》げに彼の迷いを察する。

貴族たちが第二王子を認めないのは、継承順位の問題だけではなく、髪の色も起因しているのだろう。王子はその点、文句なしに美しい王族たる容姿を有していると思われた。

けれど、曰く第二王子は民の支持を得ている。それは髪の色だけではないのかもしれない。王子の言う「たかが髪の色」だけで、認められているわけではない。

中身ごと受け入れられる弟と、外見でしか受け入れられない自分――王子が懊悩しているのは、そういうことだろうか。

己の邪推《じゃすい》で、慰めの言葉をかけることは出来ない。それは誠実ではない。そして、自分の無知を悲しく思う。

何故だか少し泣きそうになって、夜は王子を抱き寄せた。


「なあなあ、夜」

対面から名を呼ばれ、夜は顔を上げる。

研究所で一番夜と近しい年齢の男は、夜にとって生まれて初めての同僚であり、友人だ。

懐こい笑みを浮かべた。

「この薬草ってどう使ってた?」

ずいと近付いてきた顔に、どきりとする。そんな動揺に気付いているのかいないのか、男は人懐こい笑みを浮かべた。

人と接することにまだ緊張はあったが、「忌避されない」という事実に、夜は毎日戸惑いと喜びを覚える。

「経口と、あと煙管《きせる》での摂取です」

「えっ、嘘。煙で効《き》くのこれ?」

「効果はどっちでも出るんですけど、効き方にちょっと違いが出ますね」

夜の答えに、男はそうかー、と黄金色《こがねいろ》をした頭を掻く。

王子と同じ金髪の部類だが、やや黄色が強い。やはり一番綺麗なのは王子の髪だな、と夜はこっそり思っていた。

「今度こそ夜の知らない草だと思ったのに」

いたずらっぽく笑う男に、夜もつられて笑みを零す。

年齢の割に子供じみた挙動の彼だが、研究所員であるということは紛れもない優秀な学者でもあるのだ。

この研究所は、城の敷地内――國府に置かれている、この國唯一の医療研究所だ。おいそれと入所出来るところではない、というのが夜にもわかってきた。

「いい加減そういう無駄な勝負を挑むのはおよしなさいな。でも本当に夜の知識には、ちょっとびっくりするね」

作業がひと段落着いたのか、年嵩の女性所員が夜の隣に座る。女官長と雰囲気の似た茶褐色《ちゃかっしょく》の髪の女性は、夜の頭を撫でた。人一倍小柄な夜を、この女性はどうも必要以上に子供扱いする節があるのだ。

けれど、それが存外に心地よいので、夜は反抗したことはない。祖母にも似ていると思ったし、母親がいたらこんな感じだったのだろうか、と思うこともあった。

「最初はひどい訛りだったし文字もわからないしでどうなることかと思ったけど」

「ご迷惑をおかけしてます」

王子から研究所のことを聞かされた翌日には、入所の手続きは済まされており、夜はここに案内して貰った。

研究所では、「変わった髪の色だ」とは言われたものの、皆夜を歓迎してくれたのだ。

王子の言葉を信じていなかったわけではないが、この國では夜の髪は本当に差別の対象にはならないらしい。所員も皆さまざまな髪の色をしていて、やはりこの國の髪色には多様性があるのだと改めて認識する。

入所して間もなかった頃の夜は、まだ満足に読み書きが出来なかった。言葉は似ていたが、文字は夜が祖母に教わったものとは全く違っていたし、語彙も格段に多い。そのため、夜は現在、午前中は王子の付けた家庭教師に読み書きや歴史などの一般常識を習い、時々「島」に関する聞き取り調査を受け、午後は研究所に入って仕事をする、という生活を続けている。

日々学ぶことばかりだが、それでも楽しい。なにより、夜を快く受け入れてくれるのが有り難かった。

王子の縁故であるとはいえ、夜は構えていただけに随分拍子抜けしてしまった。

「でも、あっという間に読み書きは覚えたものね。若いって凄いわぁ」

「いえ、それは王子のおかげで……でも、今でも沢山、わからない言葉もありますけど」

最近は、ようやく王子や所員の言葉を正確に理解出来るようになった気がする。それはなんですか、と単語の意味を訊き返すことも今となっては多くない。

ただ、教育を施してくれているのが王族関係者のため、同僚との砕けた会話や、俗語を解せなかったり戸惑ったりすることは多々あった。夜は島でも丁寧語しか使用してこなかったため、同僚から見るとよそよそしいようでもある。

ただ、あまりに敬度の高い言葉を使うのは王子が嫌がるため、畏《かしこ》まった言葉や表現はまだうまく使えず、側仕えとしては少々礼を欠いた言葉を使ってはいるようだった。どちらにとっても、夜の言葉は中途半端に思える。

「これからも、色々教えてください」

夜の言葉に、二人は顔を見合わせて笑った。

「ご謙遜《けんそん》。いまや我が研究班の班長じゃないか」

班長という大仰《おおぎょう》な名称に、夜は顔を赤くする。

「そ、それだって怪我の功名というか……そんな大層なものでは」

語彙の問題だけではなく、致命的ともいえる相違点が存在していた。

生業《なりわい》としていたため、薬草に関する知識量だけはそれなりにあると自負していたが、こちらとあちらでは、薬草の名称が殆ど異なっていたのだ。

効能と形から、己の知識と照会していくようにするので、少々骨が折れる。そのため、夜は自主的に、薬草の絵を描いたり、こちらでの名称と島で使用していた名称・効能や摂取量などを書き留めたりしていた。

似たような文献はあるのだが、絵がないのでわかりづらく、効能なども夜の知識と微妙な差異が見られる。それに、夜が認知しているよりも、こちらで薬草として使われているものは驚くほど種類が少なかったのだ。

己の勉強と覚え書き程度のつもりで始めた作業だったが、現在はひとつの研究企画として班が作られるに至った。

「毒にしかならないと思ってたものに薬としての効能があったりするとか、夜といると本当に勉強になることが多い。よく知ってるよ。感心する」

「あっちにいた頃は薬草と睨めっこする以外、なにもすることがなかったんです」

「夜は、あの島から一人で出てきたんだろ？　寂しくないかい？」

「いえ……」

祖母が死んだ後は、寂寥感が襲うことも度々あった。薬草を採りに出て、山の中でひっそりと泣いていたこともある。

だが、島を出たことについて、それほどまでに寂しい気持ちにはならなかった。船に乗っていたときに、多少感傷的な気分にはなったものの、それだけだ。寧ろ、祖母と二人で過ごしたあの場所で、一人きりで過ごすことのほうが辛いと思っていたのかもしれない。

一人きりで、蔑まれるのも悲しい――悲しく辛いことだったのだと、夜はここに来て知った。

「……家族も友人もいなかったので、特には」

それに、この國には同僚たちがいるし、王子がいる。

「正直、あたしはあそこに人が住んでるなんて思わなかったよ。ばあさんの話すお伽噺で聞いたくらいだものね」

勉強を始めて知ったことだが、こちら側の人はある程度「島」の存在を認識はしていたらしい。目視では確認出来ず、渡航も許されていなかったものの、歴史書をはじめ、島を題材とした物語で目にすることが出来る。

夜も絵本をいくつか読んでみたが、「赤鬼《あかおに》」の住む場所だという記述がいくつも見られた。

「とてつもなく田舎なんだろ、あそこって」

「そうですね。とても小さな島ですし、人口も少ないです。俺は一応使っていましたが、識字率もとても低いですし……文化もこの國に比べたら何十年、何百年と遅れているところだと思います」

「そういうところから出てきたのに、うちにいた誰よりも薬学の知識が豊富なんだもんな、まいるよ本当に」

文字もすぐに覚えちゃったしさーと友人がぼやく。同僚たちは優しい。夜が卑屈にならぬよう、こうして臆面《おくめん》もなく褒《ほ》めてくれる。

「だから、他にすることもなかったからですよ」

褒められ慣れていない夜は、身の置き所がなく頭を掻いた。

不意に、友人が声を潜める。

「そういえばずっと気になっていたんだけど、本当のところ夜って兄王子とどういう関係なわけ？」

「どういうって……」

一瞬ぎくりとしたものの、市井の者には「王子と夜が同じ部屋で寝食を共にしている」という事実は伝わっていない。王子の読み通り、あのあと箝口令が布かれたのだと思われる。

けれど王子曰く、人の口に戸は立てられないので時間の問題だ、とのことだ。

「だって、普通あんな風に王子に気安く接することなんて出来ないものなんだぞ」

「ああ……」

そっちか、と夜は内心ほっとする。

縁故採用ということもあり、勤務二日目、王子が研究所へ顔を出してくれた。

いつものように歩み寄り、声をかけて貰ったのが嬉しかったのだが、振り返ったら同僚が全員伏せるように頭を下げているのを見て驚愕した。

そこで夜は初めて、自分の王子への対応がとてつもなく礼節を欠いているのではないかと疑問を抱いたのだ。

「……そうみたい、ですよね」

「そうよ。第一、兄殿下の御前で叩頭《こうとう》しないなんて、ありえないんだから。首でも刎《は》ねられやしないかって気が気じゃなかったわ」

「殿下はそんなことしませんよ？」

第二王子はわからないが、王子はそんな蛮行《ばんこう》はしない。

夜の反論に、二人は笑った。

「兄殿下、手ずからはね」

「人にも、頼んだりしないと思いますけど」

「いや、そうかもしれないけどさ。そうされてもおかしくないし、そうする権限を殿下は持ってるってことなんだよ、夜」

それくらい、偉いお方なのだと言われて、夜は瞬きを繰り返す。忘れていたわけではないが、はるかに高い身分の人なのだと鼻先に突き付けられた。

「命令されたら、誰も逆らってはならないのだからね」

「……そうなんですか」

知識や行儀作法を身に付け、どれだけ普通に振る舞おうとしても、やはり違和感は生じてしまう。特に、一般常識が一番厄介だった。

常に傍にいる王子やその側近から、庶民的感覚を教わるのは難しい。言葉遣いも含め、城の人たちと同僚たち、どちらに対しても誤った振る舞いをしているのではないかという不安は常に抱いている。

けれど、王子は夜がそういった「礼節を弁《わきま》えた」行動をとるのを好ましく思っていないような節があった。叩頭するのが当然だと同僚たちから言われ、王子の部屋で同じようにしたらひどく叱《しか》られてしまったのだ。その加減は、未だに難しい。

「ここは王立だし、殿下が来てもおかしくないんだけど、やっぱり殿下と許可なく喋《しゃべ》れるのは普通ではないのよ」

「兄殿下とは、な」

「え」

そうなんですか？　と首を傾げると、二人は顔を見合わせる。

「というより、弟殿下が特別なんだけどね。あの方は貴族よりずっと、私たち庶民にとても気安く接してくださるの。その分、奔放に遊んでもいらっしゃるけれど」

第二王子は、公務の合間によく市街へと下りるらしい。

そこで民衆に声をかけたり、一緒になって酒場で飲んだりということがままあるようだ。遊ぶだけではなく、民衆の声を聞き、それを議会へ持っていってくれることもあるという。

第二王子といえば、初対面のときから恐ろしい印象があって、夜は少し苦手意識を持っていたので、二人の意見に内心驚く。

「それに、弟殿下は髪が赤くていらっしゃるから」

「ああ、貴族には珍しい色なんですよね」

それは知っている、と口にした夜の言葉に、二人は揃って目を丸くする。

けれど、夜が國外から来たということを思い出したのか、いやいや、と手を振った。

「珍しいっていう次元の話じゃなくてな。本来王族には『いないはず』なんだ」

「だから弟殿下がお生まれになったときに、王妃殿下は不貞を疑われたのよ」

「え……？」

「この國では、金色の髪は美しいとされてるでしょ？」

夜は首肯する。生まれて初めて王子の髪を見たときは、太陽のようだと感動を覚えたものだ。

「兄殿下や王妃殿下のような白金の髪は特にそう。金髪は優秀な者の証でもあるわ。王族に嫁ぐ女性は今のところ遍《あまね》く金髪。だから王族には、赤髪はずっといなかった」

「近年稀に見る王室の醜聞《しゅうぶん》――でも結局、調べてみたら王妃殿下の先祖に赤髪がいたっていうことがわかったんだがな」

「そんな」

「弟殿下は優秀な方だし、兄殿下とは趣《おもむき》が違っているけれど容貌も整っている。それに、なんといっても庶民が親しみを持てる赤髪だしね。民衆の支持は誰よりも高いわ」

そうそう、といつの間にか話題に入ってきていた他の研究員も頷く。

「で、でも兄殿下だって……！」

必死に反論しようとした夜に、同僚たちは顔を見合わせる。

「……まあ、確かに兄殿下も政を治めるのには優秀な方だと思うよ」

苦笑しながら友人が言うのに、夜は意味がわからず首を傾げる。

「――でもあの方は、民のことが一番ではないから」

「そんなこと……」

「優先順位が民とはずれているんだよね。それって、今やらなければいけないことなの？　俺たちにとって必要なのはそれよりも、って思うことが多いんだ」

「私たちと気安く接されることも少ないから、なにをお考えなのかもよくわからないし……」

「そんな……でも兄殿下だって……！」

珍しく大声を上げた夜に、全員がきょとんと目を丸くする。

「夜は兄殿下派なんだね。まあ、お世話して貰ってるし、当然か」

「そ、そういうことじゃないんです！」

王子は、民のことを考えていないわけではない。

けれど具体的にどう訴えたらよいのか思い付けず、夜は口を噤む。

「でも夜のことだってそうなんだよ」

「俺、ですか？」

「そう。あの島に船を出した話だって、言い出しっぺは兄殿下のほうだったのに、大した益がなかったとわかった途端に弟殿下が行きたがってたことになってたでしょ」

「え？」

世論はそうなっていたのかと、夜は唖然とする。

夜の表情をどう受け止めたか、友人が肩を竦めた。

「優しいお顔をされてるけど、結構狡猾《こうかつ》な方だと思うよ、実際」

「殿下はそんな方じゃ、ないと思います」

首を振る夜に、この國で生まれた彼らは苦笑と共に否定する。

「子供の頃から第一位継承者として学ばれてるからかもしれないけど、うまくいかなかったりしたものはいつの間にか弟殿下のしたことになってたりとかするんだから」

民だってそこまで馬鹿じゃない、と嘲笑するように言う同僚を信じられない思いで見詰める。

以前、王子の言っていたことを思い返す。

第二王子は、民から必要とされている。反して自分は必要とされていない、と。

あのときは、単なる自己分析に過ぎないと思っていたが、こうして聞く限り、確かに民と王子の認識に差異はないようだった。それが、夜には悔しい。

王子は、支持されていないことを把握している。けれど己の能力と本質では、弟王子のように振る舞うことが出来ないというのもわかっているのだ。

だから、夜に「恋人の振りをしてくれ」と持ち掛けてきた。支持の下がる「醜聞」を振り撒き、弟を優位にするために。なにも知らずに安請け合いしたことを、夜はここでの時間が過ぎる度、新しくなにかを学ぶ度に、後悔する。

「しかも今、継承権放棄したがってるって噂もあるし」

その言葉に、思わずぎくりとする。

「そんな……一体誰がそんなこと」

「噂だよ、噂。でもそれがもし本当なら、財政がものすごく傾いたりとかしてんじゃないのって」

「で、弟殿下に押し付けようとしてるんだってもっぱらの噂」

実際、王子は王の座を弟に譲りたがっている。

けれど、それは財政難だからでも、面倒だからでもない。世論が第二王子を求めているからだ。責務を果たすために、最大限の努力をするのも勿論大事だ。だが、王子は既に力を尽くしている。それでも自分が望まれていないのならば、加冠の前に、望まれている者に全てを譲るというのも、民のことを思い遣るのと一緒なのではないだろうか。

そう思いはしたが、これは王子と二人だけの秘密で、口にしていいことではない。なにより、そんなことを言ったら大問題になる。

「優しげなのは風貌だけ。あの方が大事なのは所詮《しょせん》、國でも民でもなく御身なんだよ」

たかが「噂」を夜が必死になって否定しても、詮のないことかもしれない。

けれど、夜はここにいる同僚たちにだけでも、誤解を解きたかった。

確かに、いつの間にか王子の失敗が第二王子のせいになってしまっていることはあるのだろう。けれど、それは王子の望む事態ではない。

周囲が水を向けているだけではなく、第二王子ももしかしたら、率先して泥を被るような真似をしているのかもしれない。それが裏目に出ているとは知らずに。

夜が初めて王に謁見《えっけん》したときもそうだった。王子に連れてこられたはずだったのに、第二王子は自分が攫ってきた、と虚偽の発言をしようとしていたのだ。

「……でも、殿下は」

「そんなに必死に庇わなくても大丈夫。いざとなったら弟殿下に頼るといいよ」

第二王子ならなんとかしてくれるから、とみんなが笑う。

王子が第二王子に王位を譲りたい、というその理由を聞いたとき、夜は疑問に思った。王位を譲るのではなく、王子が民のために動けるように変わればいいのではないかと思っていたが、そう単純なことではないのだと知る。

王子のことを伝える術が見つからなくて、己の無力さに夜は歯噛みした。

「でも、殿下は……！」

叫んだ瞬間に、研究所の扉が開く。そこに立っていた人物を認めて、部屋の温度が一気に下降した。

扉の向こうにいたのは、第一王子だ。

彼の表情からは、今までの会話が聞かれていたのかどうかの判断が出来ない。面々は黙し、叩頭する。頭を下げることも出来ずに、夜がただ見つめ返すと、王子はその唇に微笑を乗せた。

王子が作業を続けてくれと言うと、頭を上げた同僚たちはそそくさと持ち場に戻り始める。

取り繕う術も知らない夜は、微かに笑みを浮かべたままの王子を見て胸が締め付けられるように痛んだ。

「殿下……！」

焦れて名を呼んだ夜に、王子は困ったような表情をした。

「どうした、夜。大きな声を出して」

「殿下……」

咎めるでもなく、どうした、と首を傾げる。

夜の雰囲気から、自分があまりよい言われ方をされていなかったことくらい、彼は容易に悟っているに違いない。それでも彼は、鈍感な振りをして微笑む。

王子は、優しい。

だから余計に悲しくて、うまく伝えられないことも、取り繕えないことも、情けなくももどかしい。

王子に言いたい言葉が見つからないまま、夜は王子に歩み寄り、彼の袖《そで》を引いた。王子はもう一方の手で夜の後頭部の撫でてくれる。

本当は夜のような身分の者が、こんなに気安く触れていい相手ではない。

夜としては心から敬っているつもりであったが、非常識な馴れ馴れしさがあるに違いない。

恋人の振りをさせるという王子なりの思惑があるとはいえ、不調法を咎めるでもなく傍に置いてくれている。その事実に甘え、夜は王子の胸元に額を押し付けた。

「……殿下……」

こんなに近くにいるのに、皆が王子の優しさをわかってくれないのは、どうしてなのだろう。

どうして自分はそれを、うまく伝えられないのだろう。

もどかしくて、悲しくて情けなくて、涙が零れた。

夜、と背後から同僚が慌てたように呼ぶ。けれど王子は夜の腰に手を回し、抱き寄せた。

「殿下？」

ぐす、と洟《はな》をすすって見上げると、王子は柳眉《りゅうび》を寄せる。

「……夜、お前はこちらへおいで。皆は仕事を続けて」

「え、あの……っ」

建物の外へ連れ出され、王子の後を追いながらも夜の目からはぽろぽろと涙が零れる。呆れられる前に泣きやまないといけないと思うのに、久しぶりに泣いたせいで、止め方がわからない。

泣きやめないまま城内へ戻り、王子の部屋の前に辿り着いてもまだ眼を擦っていると、王子は人払いをし、扉を開ける前にこちらを振り返る。困ったような微笑を浮かべながら、再び夜の頭を撫でてくれた。

「私のために、泣いてくれているのか」

肯定しているのか否定しているのか自分でもわからないほど必死に首を振ると、王子が吹き出す。

「首が千切れてしまうよ、夜」

王子の指が、夜の涙を優しく拭う。せっかく慰めてくれたのだからと思うのに、夜の意思に反して涙が溢れた。

「気にすることはない。私が責を全うしようとしない、無能で愚かな王子であることは間違いないのだから」

優しく微笑む王子に、夜はしゃくり上げた。

「で、殿下」

「はい、なんだい」

「……殿下は、ちゃんと優しいです。王様になれます。優しい王様になります」

絶対です、と言い募る。

自分の保証など、彼には必要ないだろう。けれど、先程同僚たちに反論出来なかったことを悔いるように、夜は繰り返した。

視界の隅に映る王子の指が、戸惑うように揺れる。躊躇するように伸ばされた手が、夜の腕に触れた。

「……王になって欲しいのか?」

「え……」

「夜は、私に王になって欲しいのか?」

「ち、違うんですか?」

民のためを思えば、弟が王に立つほうが相応だと、王子は言った。

けれどそれは、王になりたくないというよりは、民にとって一番いい方法をとるとそうなるというだけのことで、出来ることなら自分が王となって民のために動きたいと考えているのだとばかり思っていた。

王になりたくはないのですか、と問うたときも、彼は明確な返答は寄越さなかったのだ。

王子は夜の目をじっと見つめながら、呟きを落とす。

「私が王になったら、こうして一緒にいられなくなるのだよ」

「えっ……どうしてですか」

考えもしなかったことを言われて、夜は目を剝く。ぱちぱちと目を瞬《しばた》かせていると、王子は子供に言い含めるようにゆっくりと言葉を紡いだ。

「何故って、お前は私の『恋人』だろう？」

「あ……――」

王位を弟王子に譲るため、女性に興味がない、子を成せないと示すための、「男の恋人」役だ。王子が王になったら「恋人の夜」は不要になる。夜とて、王子の邪魔をすることは本意ではない。けれど、それが一緒にいられなくなることと同義だとは思っていなかった。

「俺……」

王子のことを思えば、「恋人」の立場は返上しないといけないだろう。そうしたら王子はきっと、新しい住居を用意してくれるだろうし、研究所で働き続けることも許してくれるに違いない。けれど、こうして王子と一緒にいることが出来なくなってしまう、という現実を突き付けられ、躊躇いを覚える。

同僚たちも言っていた。夜と王子は、身分が違うのだ。偽りの恋人という、特別な関係がなければ、話すことも触れることもままならない。

「お前は……——」

「え？」

「……お前は、私と共にいたいと、そう思っているのか？」

「勿論で……あっ」

間髪を容《い》れずに頷いてしまってからはっとする。それを望むのは、大変に身の程を弁えないことだという意識が働いた。

失言におろおろとしていると、夜の肩を王子が摑む。そして、夜を扉に押し付け、頤《おとがい》にそっと触れてきた。

「殿下？」

上向かされた先には、王子の顔があった。至近距離にある顔貌の美しさに、目を奪われる。

けれど、あまりに近すぎる。

このままではぶつかってしまう、と身を引こうとした瞬間に、王子の唇が、夜の唇と重なった。

「——……っ？」

生まれて初めての接触に、夜は硬直した。

近すぎて、王子の顔が見えない。無意識に後方へ下がろうとしたものの、背中は扉に押し付けられていて叶わなかった。

王子が目を伏せているのはなんとなくわかって、夜は戸惑いながらも倣《なら》って瞼《まぶた》を閉じる。

唇を引き結び、体を強張らせながら息を止めた。

意味はわからない。でもそれは、とても特別な行為のように思えた。

長いのか短いのかわからない時間が過ぎ、唇が解ける。

「……殿、下？」

唇の間隙で名を呼ぶと、触れたときと同じくゆっくりと、王子が離れていった。

髪と同じ色の睫毛に縁取られた瞳が、笑みを作る。

不意に、王子が扉を押し開いた。夜はよろよろと後退さり、部屋の中にぺたりと座り込む。王子は目を細め、長い人差し指を自分の唇に当てた。先程までは、そこに夜の唇が触れていたのだ。

「もうこの話はしない。いいね」

そう言って、王子は扉を閉めた。後を追うことも出来ずに、夜は座り込んだまま、茫然と扉を見つめる。

何故、と問うてはいけないのだ。今まで気安くしていたが、慎《つつし》まなければならないのだ。

王子の命令には従わなければならない。

彼の考えがわからないのは、今に始まったことではない。

「……殿下」

けれど初めて、夜は今王子がなにを考えているのか知りたくなった。

そうして、それを問える立場ではないことが、悲しかった。

「――噂になってるよ」

いつものように薬草の効能を書き留めていると、向かいに座る友人から不意にそんな言葉をかけられた。

脈絡もないその言葉に、夜はそうですか、と相槌《あいづち》を打って筆を走らせる。どういった噂かは知らないが、今の夜には余所事に気を取られているほど気持ちに余裕はない。

「そうですかって、お前……殿下のこととか」

「殿下……お忙しそうですね」

初めて王子の唇に触れてから一月《ひとつき》ほど。あれから、二人の間に特別な接触はなにもない。

王子の公務が多忙を極めたこともあり、就寝時間がずれることも多くなった。そんな日は一緒に浴室へ入ることもなく、翌朝出勤前の時間に少しだけ顔を合わせる程度で、殆ど会話をすることも出来ない。

先日の行為の理由を問い質《ただ》すこともなく、疑問は宙に浮いたままだ。

この一月の間、浴室での「打ち合わせ」は一度も行っていない。

幾度か機会はあったが、断られているうちに誘うのを躊躇するようになっていた。打ち合わせといっても、世間話のようなものだ。多忙で疲弊《ひへい》している王子の負担にはなりたくなくて、言い出すことが難しくなった。

けれど単純に、王子が夜を避けている、ということも考えられた。

過《よ》ぎった懸念に、夜は唇を噛む。

なにか気分を害するようなことをしただろうかと思い返してみると、まずいことしかしていないような気もしてますます気が滅入った。

薄い反応しか返さず悶々《もんもん》と考え事をしている夜に、友人はおいおいと言って机を指で叩く。

「他人事みたいに言うなあ。お前のことなのに」

「俺の？」

王子の話ではなかったのかと、夜はようよう首を擡《もた》げた。

「俺たち庶民のところに落ちてくるってことは、貴族様は皆ご存知だと思うぜ。まずくないか？」

「……なにがですか？」

本題に入らないまま問題提起をされても、夜としては反応のしようがない。

ただ、雰囲気からするとよい話ではなさそうなので、内容を聞くのも躊躇する。友人は眉間《みけん》に皺《しわ》を寄せた。

「夜と、兄殿下の話だよ」

「俺たちの？」

そう言われたところで「まずい話」の見当が皆目つかず、夜は首を捻る。友人は、焦れたように身を乗り出してきた。そして夜の耳元で声を潜める。

「島から来たお前が、兄殿下の愛人だって」

「あい……」

もったいぶった割には直截《ちよくさい》な科白をぶつけられ、夜はあんぐりと口を開ける。

表情をうかがう友人に内心を気取《けど》られないよう、すぐさま口を閉じた。

心なしか、各々《おのおの》の作業をしながらもみんなの耳がこちらに向いているような気がする。

恋人ではなく愛人呼ばわりに多少引っかかるところはあったが、王子の目論見がようやく実を結んできたらしい。ある意味、予定調和だ。

夜は同じように身を乗り出し、友人に耳打ちする。

「一体誰がそんなこと」

「誰が言い出したかなんて探しようもないほど皆言ってるぜ。……二人が、接吻《せつぷん》してたって。側近じゃなくてやっぱり愛人だったってさ」

友人が夜の顔色をうかがっているのがわかる。努《つと》めて表情を出さないようにしながら、夜は先日のあの一件を誰かに見られていたのかもしれないと思い返した。人払いをしていたが、無人ではなかったのか。それとも王子が手を回しているのか。

同意したとはいえ、「男の愛人がいる」という噂が流れる事態が実現してしまうと、本当にそれでよかったのか、不安になってくる。

当時は安易に引き受けてしまったが、今はある程度常識を身に付けた。表向きであるとはいえ、「恋人の振り」がとんでもないことだったという自覚も、今は生まれた。

やはり庶民で、しかも男の自分と恋人関係になるというのは、王子の評判を著《いちじる》しく落とすのではないかと、遅ればせながら危惧を抱いている。

それが他でもなく王子自身の狙いだと知ってはいても、今、夜は王子が大事なのだ。彼の迷惑になりたくないというのは、勝手だろうか。

「でさ、夜……」

「はい？」

友人はなにか言おうとしていたはずなのに、口ごもった。

待っていてもなにも言われなかったので、王子の名誉回復をしなければと考えを巡らせていると、友人は更に声を落とす。

「男として一応興味があって訊いてみたいんだけど……」

今度は一体なにを言われるのだろうかと、不安になりながら頷く。友人は少し照れたような表情で、唇の端を持ち上げた。

「――殿下ってあっちのほうってどんな感じなの？」

予想していたどんな言葉とも違い、夜は肩透かしを食らう。なにより、言われていることの意味がわからなかった。

きょとんと目を丸くした夜になにを思ったのか、友人は少々早口で言い募った。

「平民とは色々違うらしいからさ。経験の仕方とか、技とかさ。弟殿下と違って兄殿下は今まであまりそういう話が出て来なかったから余計に皆気になってるというか……あるんだろ、色々」

やはり会話が漏れているのだろう、少し下卑《げび》た笑いが室内で起こる。だが、相変わらず問いの意味はわからなくて夜は首を傾げる。

「あっち、って……」

「うんうん」

「……どっち？」

問い返すと、心なしか眼前の友人の表情が固まった。

「いや、だから、その……あっちっていうのは……」

「？　はい、なんでしょうか？」

質問の意味がわからずに重ねる。「あっち」というのは指示語だが、この場合は違った意味なのだろう。けれど、夜の語彙にはない俗語である。

素直に答えを待っていた夜だったが、一向に回答がない。友人は、頬を染めて咳払いをした。

「……いいや、聞かなくてもわかった。これはシロだな」

「シロって、なにが白いんですか？」

恐らく己を評しているだろう言葉を解せず、夜が焦れて問う。答えの代わりに、友人は苦笑した。

「やっぱりな、どうもおかしい気はしたんだ。噂は所詮、噂ってことだ。はい終わり終わり」

「な、なにがですか？　どういう意味なんです？」

余計なことを言って、王子を困らせたくはない。誤解をさせたならば撤回の必要がある。けれど誰も、したり顔をするばかりで説明してくれない。

友人は、幼子にでもするように、夜の頭をぐりぐりと撫でてきた。

「こんな純真なの摑まえて、殿下も罪つくりだなぁ……」

「だから、なんの話をしてるんです？　なんで教えてくれないんですか？」

勝手に納得されても困る。袖を引くが、友人はそれ以上なにも言ってはくれない。

研究所の誰に「王子のあっちってどういう意味ですか？」と訊いても、一様に困ったような顔をして、笑って誤魔化されてしまった。

そして皆、答えの代わりに「今度同じことを訊かれたら、王子は白だとちゃんと言っておく」と謎《なぞ》の科白を返すのだ。

どちらにせよ、実際は「恋人の振り」をしているだけなので、なにを訊かれても答えようもない、というのが正直なところだったのだけれど、渦中にいるのになにも知らないのは非常に居心地が悪かった。

結局誰に訊いても、気まずげにされるばかりでなにも教えてくれなかった。王子本人に訊ねるのが手っ取り早い気もしたが、相変わらず擦れ違ってばかりで、暫《しばら》くの間まともに話が出来ていない。

たまに会えると、そんなことよりも王子の話が聞きたかったし、普通に会話がしたいと思ってしまい、そちらの疑問が頭の外に行ってしまうのだ。

――殿下は相も変わらず……お忙しそう、ですね。ゆっくりお休み出来る日があればいいんですが……。

広報紙を確認してみて、道理で部屋を空けることが多いわけだと納得した。紙面には王族の予定が記載されているが、王子は近頃、あちこちの領地へ出向き、会談することが多いようだ。それに比べると、第二王子は数をこなすというよりは長期の遠征が目についた。

頻繁に城に帰ってくるだけいいのだろう、と自分に言い聞かせる。

――でも、今日はお帰りになるみたいだし……嬉しいな。

まともに顔を合わせるのは、何日ぶりだろう。心が浮き立つのを自覚しながら、夜は王子の部屋に入ろうと扉に手を伸ばした。

「……っ⁉」

横から伸びてきた手に腕を捻り上げられ、夜は咄嗟に悲鳴を飲み込んだ。

驚いて目を向けると、手の主は第二王子である。肩が軋むような痛みと、己に向けられた憤りも露な瞳に、挨拶《あいさつ》も出来ないまま夜は硬直した。

「——殿下……っ、殿下、お待ちください！」

廊下の向こうから、側近の男性が息を切らせて走り寄ってくる。

「うるさい、下がれ！」

びりびりと鼓膜を震わすような怒鳴り声に、夜だけでなく、側近も縮み上がった。

「下がれと言っている」

重ねられた言葉に、側近は戦《おのの》きながらも踵を返した。

第二王子は乱暴に夜の腕を引き、兄王子のものではない別の部屋の中に夜を押し込む。そうして自らも足を踏み入れ、後ろ手に扉を閉めた。

腕を摑まれたまま見下ろされ、振り払うことも出来ずに夜は第二王子を見上げる。

緑色の瞳が、憎むように夜を睥睨《へいげい》した。射殺《いころ》さんばかりの視線に、足が竦む。

第二王子とは、久しく顔を合わせていなかったが、やはり恐ろしさが先に立った。

彼は他の貴族と同様、夜に対してよい感情を持っていない。その誰よりも敵愾心《てきがいしん》を剝き出しにするので、夜は未だに第二王子が少し苦手だった。平民を下に見るというより、彼の場合、夜個人を受け入れてくれていないのだ。

「……身を引け」

「え？」

ぽつりと落ちて来た命令に、夜は瞠目する。

「この城から出ていけとは言わない。だが、兄上と別れろと言っている」

手に込められた力が強くなる。腕が折れるのではないかと恐ろしくなったが、夜は第二王子の顔を見据えた。

第二王子は、民とよく飲み歩くこともあるという。彼も、恐らく聞いたのであろう。「兄王子の囲っている男妾《おとこめかけ》」の噂を。

「別れろ、と仰られましても……」

王子に判断を仰がなければ、二人の間になにもない、という事実を伝えていいものかどうかわからない。

明確に答えず口ごもった夜に、第二王子は眉を顰める。

「最近、兄上と話をしているか？」

「いえ、あの……お帰りが遅くて」

夜の返答に、第二王子は苛々《いらいら》とした様子で舌打ちをした。

「気楽なものだな。お前のせいで兄上の見合い話が急に増えたというのに」

今日も、貴族の娘との食事会に出席しているはずだと第二王子が言うのに、夜は目を瞠る。

「でも……ご公務で会談だと」

「阿呆《あほう》か、貴様は。そんなもの口実に決まっているだろう。その証拠に、このところ兄上は年頃の娘のいるところにばかり行かされている」

額面通りに物事を受け取っていた夜にとって、その言葉は衝撃的だった。

あまり顔を合わせないとはいえ、まったく会話がないまま時間が経過していたわけではない。けれど、彼は夜に対して一度も「見合い」という言葉を口にしたことはなかった。

確かに、いちいち夜に言う必要はない。頭では理解しているはずなのに、胸がしくしくと痛む。

夜の表情をどう読んだのか、第二王子が不機嫌そうに眉を寄せた。

「男妾なんざ、そう珍しいもんじゃない。愛妾が寵臣《ちょうしん》へ出世することも多々ある。だがな、そういうのは大っぴらにすることでもない」

捲《まく》し立てる第二王子に、夜は目を瞬く。

「目下愛妾が男で、王や大臣が血眼になって見合い相手を探している……と聞いたら周囲はどう出る。ある意味、兄上の懐に入るなら今が狙い目だと思ったんだろうよ」

「あの、でも……」

「領主も領主で、娘を嫁がせようと必死だ。会談、会合という名目で誘われたら兄上もそう断ってばかりいられないからな」

第二王子は口元を歪ませる。

「くそっ……、俺がお傍に付いていれば」

勢いよく手を振り払われ、よろめいた夜を第二王子は忌々《いまいま》しそうに見やる。

「兄上からの頼みだと思ってほいほいと遠征していたらこの様か！　――お前のせいで兄上の評判はがた落ちだ！」

「……っ」

「お前のために職務を疎《おろそ》かにしているだと？　お前と姦淫《かんいん》に耽《ふけ》っていることに焦って、王家が慌てて嫁を探しているだと？　嘘ばかりだ！」

口にするのも憤《いきどお》ろしい、と第二王子は激高する。

「お前などのために！」

わかっていたことだ。

王子の狙いも、まさにそこにあった。だから、初日に「迷惑をかける」と言っていたのだ。

わかっているつもりだったのに、はっきりと不釣り合いだと、王子の人生の邪魔をしているのだとぶつけられ、夜は言葉を失った。

「挙げ句、ご本人も大変美しくていらっしゃるからさぞや、などと……」

兄上を侮辱《ぶじょく》するなんて、いやらしい目で見るなんて、と第二王子が歯噛みする。それを殊更兄王子が否定も憤慨もしないのが、噂に拍車をかけているのだと第二王子は言った。

王子が望んでいたこととはいえ、彼が嘲罵《ちょうば》されるというのは夜の本意ではない。秘密を話してよいのかはわからなかったが、第二王子が兄を心配する気持ちに偽《いつわ》りはない。本当のことを言っても、彼は王子の不利になるような真似はしないはずだ。

確信めいた思いに動かされ、夜は決心して口を開く。

「身を引けと言われましたが……本当は俺たちそういう関係じゃないんです」

少しは納得してくれるかもしれないと期待したが、第二王子の気は静まらなかった。寧ろ先程より逆上した様子で、夜に詰め寄ってくる。

「貴様、まさか兄上をたばかって……！」

「そ、そうではありません！　兄殿下の発案なのです！　……俺と、『恋人』の振りをする、という」

夜が言うと、第二王子は口を噤んだ。

それがどういう意図で計画されたのか、というところまでは言及しなかった。弟に譲る、というのを第二王子本人に言っていいものかわからなかったし、気に病むだろう。もっとも、わざわざ説明しなくとも、状況的に容易《たやす》く読めてしまうかもしれないが。

あくまで、王子の計画で演じているのだと説明する夜に、第二王子は短い髪をくしゃりと掻き混ぜた。

だから、王子が夜にかまけて仕事を疎かにしているのも、ましてや姦淫に耽っているというのも、悪質な嘘だ。なにより、夜もこのところまともに顔を合わせていないくらい、王子は多忙なのだ。

渋い顔をして「兄上……」と息を吐く。それから、鋭い目をこちらへと向けた。

「――では、兄上とお前は、本当は恋仲ではないのだな。兄上も、お前も、互いに特別な感情を抱いているわけではない……そうだな？」

「は……は、い……」

第二王子の確認を肯定した瞬間、胸が痛む。

本当のことなのだから、傷つく理由がない。そう思うのは嘘ではないのに、しくしくとした痛みは治まる気配がなかった。

頷いたのと同時に、第二王子の目が更に冷たく夜を見据えた。

射抜くような視線に、息を飲む。

「……無関係だと言うのなら、お前は俺のところに来い。これ以上兄上の傍にいることは、俺が許さない」

「で、でも」

「俺の命令が聞けないのか？」

噂を絶つには、それが一番の方法なのだろう。兄王子とは無関係であり、その証拠に弟王子の元へ行く。けれど、一方で別の問題も生じる可能性も見えて、夜は返事を躊躇する。

世事には疎い夜にでも、思い付く問題がある。

一向に頷かない夜に、第二王子の苛立ちが募るのがわかった。彼は大股で歩み寄り、夜の胸ぐらを摑む。

「兄上にもお前にも特別な思慕はないのだろう？　ならば離れろ。なぜ頷かない」

「でも」

自分はあくまで王子のものであり、第二王子に命令されたからといって、簡単に従ってよいものなのか。

「……もし、もし俺が弟殿下のところへ行ってしまったら、また、兄殿下は口さがないことを言われるのでは、ないのですか」

「それは」

恐らく、彼の迷っている部分でもあったのだろう。

男妾を囲うのをやめた、と言われるより、愛人を弟に寝取られたと陰口を叩かれるのではないか。もしくは、面倒になって捨てられた夜を弟王子が慈悲の心でもって救ったという創作話が生まれるのではないか。

噂は、都合のいいようにしか伝わらず、そこには時折悪意が交ざる。果たして弟王子の選択は正しいのか——本人も思案するように顔を顰める。

このまま事態が好転してくれれば、そう思った夜を、第二王子は唐突に強く突き飛ばした。

胸元を押され、夜は床に倒れ込んだ。絨毯《じゅうたん》が敷いてある分痛くはなかったが、背中を打った衝撃で咳き込んでしまう。

「——そのときはそのときだ。俺が『どうしても毛色の変わった妾が欲しかったので、兄上が慈悲の心で下げ渡してくださった』と喧伝すればいい。この髪だ、お前の変わった髪色に共感したと、もっともらしいことを言えばいい」

体勢を整える前に、第二王子に組み伏せられる。反射的に抗おうとした腕を掴まれ、床に押し付けられた。

一回り以上体格のよい第二王子に体重をかけて伸し掛かられ、まったく身動きが取れなくなる。

「ひとまず、兄上に顔向け出来ないようにしてやろう」

「え……」

「まずは、お前を兄上から引き離す。……他の男に脚を開くような者を、傍に置いておこうなどと思わないだろう?」

「殿下、待ってください、待っ……!」

制止の声は、唇ごと奪われる。

王子に触れられたときのような、撫でるような口づけではない。獣に噛み付かれているようで、ひどく恐ろしかった。口を塞ぎながら、王子は夜の下穿《したば》きを強引に引きずり下ろす。

抗うような素振りを見せたら、咎めるように腕を強く掴まれ、唇に歯を立てられた。折られるのではないか、食いちぎられるのではないか、という恐怖で、夜は戦慄く。

この男は、夜のいた村を制圧するだけの力を持っているのだ。

夜が支配されていた場所を、あっさりと潰す力のある男だ。

きっと、夜の息など簡単に止めることが出来るだろう。

首を刎ねる権限が「王子」にはあるのだという、同僚の言葉が耳に返る。寒心に堪えず、夜はぎゅっと目を瞑った。

抵抗も出来ずに怯えて震える夜の下肢に、王子の手が伸びてくる。

「え、……や、嫌……っ」

なにをされるのかわからず身を捩《よじ》ると、第二王子がふと笑った。

「恨むなよ。兄上のためだ」

「や、やめてください……っ」

この行為に一体なんの意味があるのかは知らなかったが、言いようもない恐ろしさに夜は王子を呼んだ。

「やだ、殿下……っ！」

恐怖で思考が塗り潰される。呼吸の仕方さえ、忘れかけた。脳裏に浮かぶのは、王子のことだけだ。助けてください、という叫びが声にならない。

王子、と何度も呼ぶ。

その願いを聞き届けるかのように、ふと体に圧し掛かっていた重みがなくなった。

そっと目を開けると、眼前にいたのは第二王子ではなく。優しげな容貌の、夜の王子だ。

「殿下……どうして」

「大丈夫か？」

頬を撫でられて、安堵からぼろぼろと涙が零れた。涙腺が壊れてしまったように言うことを聞かず、夜は目を拭いながら何度も何度も頷いた。王子はほっと息を吐き、上着を夜にかけてくれる。

それから王子は、思い出したように第二王子を振り返った。兄に睥睨され、弟王子は先程までの様子が嘘のように、大人しくなる。

「お前が人でも殺しそうな形相で夜を探し回っていたと聞いたが……これは一体どういうつもりだ！　なんのつもりでこんな真似をしたのか言ってみなさい！」

「あ、兄上……」

平素はとても温厚な王子に叱責《しっせき》され、第二王子は顔面蒼白になりながら唇をわななかせる。

身体能力でいえば弟王子のほうが優れているだろうに、兄王子の説教に体を小さくしていた。

「理由があるなら聞いてやる。ただ、納得出来なかった場合は、私はお前を許さないよ」

冷たく響いた声に、第二王子は唇を噛む。大きな背を丸め、第二王子は夜を睨み付けた。

「だって、そいつが悪いんだ！」

まるで子供のような癇癪《かんしゃく》を起こす弟に、王子は眉を寄せる。

「夜がなにをしたというんだ」

「そいつのせいで兄上の評判が落ちたんだ！　兄上は王になられるお方なのに、なにも知らないやつらに好き勝手言われるなんて、俺は絶対許さない！」

だから悪いのはそいつだ！　と第二王子が喚《わめ》く。王子は額に手を当て、溜息を吐いた。

「そのことと、お前が夜に働いた暴挙の関連性は？」

低く冴《さ》えた声で問われ、まるで泣くのを堪えているかのように第二王子の喉がぐっと鳴る。

「……兄上の気持ちを、そいつはなにもわかっていないからです」

弟の言葉に、王子は微かに目を瞠った。夜には状況が飲み込めず、意味もわからない。

「そう思ったら、ひどく、腹が立ちました。それに、俺と寝るような尻軽だったら、兄上も見限るかなと思ったんです」

「お前は……どうしてそう、私のことになると冷静さを欠くのだか……」

先程より大きく深い息を吐き、王子は指で眉間を揉《も》み込む。

「あの調子で暴行を受けたら、夜の受ける傷は相当なものだろう。その状況で夜が誘った、というのは少々無理があるのではないか？」

「でも、そいつが離れたら、兄上のことをとやかく言う者もいなくなる」

「私は、とやかく言われたいのだ。……玉座には興味がないと何度も言っているだろう」

お前のほうが向いているよ、と言った兄に、弟王子は首を振る。

「兄上は俺と違って慎重だし、間違わない。職務だって、俺は兄上のやられていることの半分だってわからない。俺は気分屋ですから、王の器《うつわ》じゃないって何度も言っているじゃないですか」

それに、時折こんな暴挙にも出ますしね、と彼は悪びれない。

「でも民の声を一番わかっているのはお前だ。王たる者は、皆を引っ張っていく力がいるだろう。お前はきっと……希望になる」

「それは、俺の髪が赤いからですか」

弟の言葉に、王子はぎくりと表情を強張らせる。第二王子は、辛そうに眼を眇めた。

「……外見にこだわっているのは、兄上のほうだ」

「――私は」

「それに、俺を買い被りすぎです。もし俺が民意を誤って捉えていたら？　俺はそれでも聞く耳を持つ性分ではないですから、誰に反対されても貫き通しますよ？　それじゃあ駄目でしょう？」

それは、と王子は言いよどみ、夜をちらと見る。

「夜は、研究所での話を聞いていると、それなりに優秀な男かもしれません」

第二王子の口から出た評価とは思えず、夜は瞠目する。

「でも王族の傍にいるのに相応しい人間じゃない。だから兄上はわざと……」

――評判を落とすために利用したのでしょう？

最後まで口にはしなかったが、王子の言いたいことはわかる。

夜は、確かに王族の傍にいるのが相応しい人間ではない。

「殿下」

呼ぶと、王子は夜から逃げるように視線を逸らした。

わかっていた。黒鬼と呼ばれていた頃よりは、ずっとましにはなったけれど、それでも王族や貴族に相応しいとは言えない。

きちんと理解しているから、肯定してくれていいのだ。

けれど、王子は否定も肯定もしなかった。

聞き分けのいい振りをして、王子が否定してくれないことに落胆し、傷ついている自分に、夜は苦笑した。


一頻り言いたいことを言ったらしい弟王子は「後程調査報告に参ります」と告げ、部屋を出ていった。王子は夜を呼び、自室へと移動する。夜は弟王子に放り投げられた下衣を穿き直し、借りた上着を衣裳部屋へと戻した。

部屋に戻ると、王子は寝台に倒れ込んでいた。ここのところ外出ばかりでただでさえ疲弊した様子だったのに、今の悶着で更に疲労が増したのかもしれない。けれど、自分のことに心を砕いてくれていた分だけ、弟を無下に叱責するわけにもいかなかったのだ。

「殿下、あの」

眠ってしまっているかもしれない。躊躇いがちに名を呼ぶと、王子が横臥《おうが》した状態のまま、瞼を開いた。

「……お風呂、入りましょうか？」

脈絡のない夜の科白に、王子は目を丸くした。

「入浴には、清潔さを保持する他に、疲れを癒《い》やす効果もあります。女官の皆さんに教わって、洗い方だけでなく、按摩《あんま》の仕方も習ったんです」

そう訴えると、王子は何故か少し困ったような顔をした。

「お疲れなら、尚のことです。そうしましょう？」

「……そうだな」

それほど乗り気ではないようだったが、承諾を得て、夜は女官たちを呼び、入浴の準備を始める。

準備が終わると王子が人払いをし、以前のように浴室で二人きりとなった。

浴室で二人、という状況が色々な憶測を呼び、下卑た噂の信憑性《しんぴょうせい》を増したのかもしれないなと今更思い至る。知っているのは側仕えや女官たちだが、やはり人の口に戸は立てられないようだ。第二王子ともめたことも、明日あたりには噂を裏付ける噂となるかもしれない。今から既に気が重かった。

湯を張った浴槽に王子が足を入れる。柔らかな布で、夜はその脚に触れた。

夜の肌よりも、王子の肌はずっと色素が薄い。どこもかしこも綺麗な王子に触れるのは躊躇と少しの罪悪感を覚えてしまうが、近付けるのが嬉しかった。湯に垂らした菫《すみれ》の香油の香りが、ふわりと立ち上る。

夜がその体を洗い始めると、王子は水面を見つめながらぽつりと呟いた。

「すまなかったな」

「え？」

「あの子は……弟は、体は大きくなったが、少し子供じみたところがあって困る」

けれど彼が幼さを出すのは王子に関することだけなのだろう。口で言うよりもどこか慈しむような声音に、夜は笑みを零した。

「この國には新しい、今までにない型破りの王が……改革が必要だと、私は思う。私では、駄目だ」

「そんなことは」

「私は父上にそっくりだ。頭が固く、よく言えば堅実だが、悪く言えば臆病で柔軟性がない。貴族の顔色ばかりをうかがうような政は、もう……。私は、民の考えていることなどわからない。父上のような王には、なりたくないと思うのに、私は同じ道を必ず歩む」

「殿下」

否定したいのに、言葉が出ない。

ただ否定するだけでは駄目なのだ。けれど、彼を説得出来うるだけの知識が、ない。夜の言葉は無意味で無力だ。

己の無知が厭わしく、焦れて王子に触れる。王子は眉を寄せ、その腕をやんわりと払った。

「慰めなどいらない」

「殿下……」

しょんぼりと肩を落とした夜を、王子は膝の上に乗せる。あやすように腰を撫でながら、王子は夜の胸元に顔を埋めた。

「お前は、どう思う？　王になって、妻を娶ることが……よいことだと思うか？」

「俺は、その……」

王子が望むのならば、夜が反対する理由はない。王子にとってそれが最善の道だと言うのなら、夜は賛成だ。

けれど、妻、という言葉を聞く度に胸がしくしくと痛む。その痛みが、喉に詰まって言葉にならない。

王子は不意に顔を上げ、力なく笑った。

「悪かった。もうこの話はやめにしよう」

王子の呟きが、浴室に悲しげに響く。

また、王子の望む答えを出せなかった。その事実が悲しくて情けなかったが、自分のことよりも今は王子を少しでも元気にしたい。知識もない、的確な返事も言えない自分に出来ることは、それくらいしかないのだから。

夜は無理矢理笑顔を作り、今までずっと話せずにいた「報告」をし始めた。

王子も先程までの空気を忘れるように、夜の他愛もない話に耳を傾けてくれる。今までずっと会話が出来なかった分、取り戻すように夜は喋り続けた。

けれど、今日は、いつもよりたっぷり時間があったせいで、話すことも尽きてきてしまう。なにかないだろうか、と記憶を掘り起こし、以前同僚に問われたことが浮かんだ。

「そういえば、同僚に殿下のことを訊かれて困っちゃいました」

「私のこと?」

「殿下は『あっちのほうはどうなのか』って」

夜の言葉に、王子が目を見開き、身を強張らせる。言ってしまってから、やはりあまり品のいい言葉ではなかったのだろうかと思い至って悔やんだ。

「——困ったというのは、何故だ」

「……だって、意味がよくわからなくて」

王子のことならば、いい加減に答えるわけにはいかない。

あっちってどっちなんでしょうか、と問うと、王子は脱力した。呆れられたかと、夜は焦る。

「俺、必死に勉強しているつもりなんですけど、まだやっぱり語彙が少ないみたいで……どういう意味なんですか?」

意味わかります? とうかがうと、王子は溜息を吐いた。

「知りたいか?」

「はい! 殿下のことならなんでも」

知りたいです、と言いかけた唇に、王子の唇が重ねられる。

二度目の接触に、夜は息を飲んだ。

「ん……っ、ぅ?」

頤を摑んで、王子は夜の口を開かせる。口の中に王子の舌が入り込み、その感触に体が強張った。怯えて縮こまった舌を吸われ、甘嚙みされる。無意識に逃げようとする体を、腕で捕らえられた。

「……、っ」

第二王子に唇を奪われたとき、王子のそれとは別だと思った。けれど今日は、以前と同じ人物とは思えないほど、やり方が全く違う。

息の仕方もわからなくなり、夜は喘ぐように息継ぎをした。

「っ……ふ、ぁ!」

口蓋を舐《な》められ、背筋を這うような悪寒が走る。ぴりぴりと静電気のように肌に残るそれに、夜は惑乱する。

これ以上なにかされたら変な声を上げてしまいそうで、夜は王子の胸を押した。

「ん、んん……っ」

けれど、腰を抱かれ、項を押さえつけられ、身動きが取れない。逆上《のぼ》せたときのように、眩暈《めまい》がする。

抵抗しようとしていたはずなのに、いつの間にか王子に身を預けていた。

「……夜」

王子の唇が離れる。

無意識に瞑《つむ》ってしまっていた眼を恐る恐る開くと、王子の青い瞳とかち合った。いつもより濃い青色になったその眼が、なんだか少しだけ怖い。けれど、怯えではなく胸が震える。

「あの……」

「――返事に困らないように、教えてあげる」

いつも通りの優しい口調なのに、空恐ろしさを感じて、夜は腰を引く。わけもわからず逃げ出そうとした夜を、王子は浴槽に押さえつけた。

ひくりと喉を鳴らし、夜は王子の腕に閉じ込められながら、見上げる。

「……殿、下」

王子はいつものように、穏やかで美しい微笑みを浮かべる。はらりと零れた金色の髪に、夜は息を飲んだ。

「抵抗したら、許さないよ。夜」

甘く響く声に促されるように首肯して、夜は王子の背に腕を回した。

王子の掌《てのひら》が、夜の体の輪郭を辿るように滑っていく。王子の膝の上に抱かれ、舌で口腔を蹂躙《じゅうりん》されながら、夜は身を震わせた。

羞恥や、恐れもある。けれど、今まで感じたことのない、名状しがたい感覚が、体を巡っていた。不快ではないが落ち着かない。下腹部に蟠《わだかま》るようななにかが沈んでいく気がした。

「ん……んっ」

夜の後頭部と腰を押さえ、王子はまた角度を変えて深く唇を合わせてくる。初めのうちはどうしたらよいのか判然とせず、呼吸すらままならなかった夜だったが、次第に息継ぎの仕方も、舌の絡め方もわかってきた。

咬合《こうごう》を深める度に立つ水音は生々しい。あの綺麗な王子が、といたたまれない気持ちになるのに、どうしてかもっとして欲しいとねだってしまいそうになる。夜は、いつの間にか王子の唇に夢中になっていた。

「んっ、ぅ……」

頭を支えてくれていた王子の手が、首筋を伝い、肩、背中、腰へとゆるゆると降りていく。一度腰を摑んだ両手が、撫でさするように動いた。

手指は徐々に上へと移動していき、親指が夜の肋骨《ろっこつ》を撫でる。薄い皮膚の上を優しく擦られて、夜は無意識に目を強く瞑った。

王子の右手の親指が、つうっと上にずれて、夜の胸の肉芽《にくが》に触れる。痛くはないが、鋭い感覚が走り、夜はびくりと身を竦ませた。

どうしてそんなところに触るのだろう、と思ったが、唇が塞がれているので問えない。

王子は指の腹で、柔らかな突起を押し潰したり捏《こ》ねたりする。

――擽ったい、気がする……のに、なにか、違うような……。

明確な形容が見つからず、夜は戸惑いながら王子から与えられるものを享受する。触れられた場所から、同じ感覚が四肢へと伝播していくのがわかった。くぐもった声が喉から零れる。

転がしながら時折軽く爪を立てられたり、軽く引っ張られたりしているうちに、そこだけが切ないくらいに痺《しび》れ始めてきて、たまらず身を捩った。左の胸だけが熱を持ち、腫《は》れているような気がする。

無意識に右の胸元に触れると、唇の間隙にふっと笑みが落ちた。

「……――？」

「駄目だよ、夜。自分でしては」

手首を摑まれ、引き剝《は》がされる。指摘を受けて、夜は一瞬で顔が火照《ほて》るのを自覚した。

「っ、ご、ごめんなさい、俺……っ」

「いや。片方ばかりで、ほったらかしにして悪かったね」

微笑みながら、王子の顔が夜の胸元へ近付いてくる。あ、と気が付いたときには、王子の形のいい唇が夜の右胸に触れていた。

「あっ、嘘……っ、あぅ」

舌が乳暈《にゅううん》から掬うように這い、突起を転がす。指とは違う感触に、そして王子に思いもよらなかった場所を舐められている事実に、目に涙が滲んだ。

「嘘、そんなとこ……、んんっ⁉」

突然、ちゅっ、と音を立てて吸われ、今までに覚えのない強い刺激に夜は飛び上がった。けれどそれに構わず吸ったり舐めたりを繰り返す王子に、夜は声にならない悲鳴を上げる。

赤子が母親にするような行動なのに、男同士なのに、と混乱に眩暈がした。

胸を責められ、体の中を蠢《うごめ》くむず痒《がゆ》さに、夜は無意識に腰を引く。すぐに、胸を弄《いじ》っていた王子の手が下腹に伸びた。

「ひ、ぁっ⁉」

王子の指が、夜のものに絡められる。そうされてみて初めて、自分のものが硬くなり始めていたことに気付かされ、頭が真っ白になった。

現状が理解出来ず、ただ世を儚《はかな》んでしまいたくなるほどの恥ずかしさに、目が潤む。まともに呼吸がしたいのに、息が震えるせいで喉からは、は、は、と息切れしているような音が漏れた。

美しい形の長い指が、付け根に触れやわやわと握ってくる。

「い、や……っ」

夜は腕を伸ばし、王子の胸を押した。

どうして。何故そんなところに王子の手が伸びているのか。王子にそんなものを触らせてはいけない。

言いたいことは沢山あったのに、動揺に言葉が出てこない。夜は必死に頭を振った。

「駄目です、嫌、嫌です……、殿下、っ」

嫌だと繰り返しながら訴えると、王子は小首を傾げた。濡れて、いつもより少し色濃くなった髪がはらりと落ちる。

「……夜？　言ったよね」

「え……」

「抵抗したら、駄目だと……言ったね？」

いつもの優しい声音でそう突き付けられ、夜は息を飲む。

ほんの少し前に、王子にそう命じられ、頷いた。頭に上っていた血が、いっぺんに下がった気がする。

王子に背くつもりはなかったのに、と自分で自分が許せない。そんなつもりではないという言い訳をすることも出来ず、夜は視線を逸らし、全身に入っていた力を抜く努力をした。

「……は、い」

王子に触れていた手を、ゆっくりと下ろす。抵抗するつもりは、逆らうつもりはないのだと、証明するように。

王子の顔を見上げる。美しい空色の瞳は、何故か悲しげな色を湛《たた》えているように見えた。灯《ともしび》の暗さがそうさせているのか、きちんと確かめようと顔を近付けたが、伏せられてしまった。

「殿下……、っ？　あ！」

性器に添えられていた王子の手が、ゆるゆると動き始める。水の中でされているというのに、ぬるついているのがはっきりとわかった。

「っく、……う、んん……」

一度萎《しお》れたそれは、王子の手淫ですぐに硬く、首を擡げ始める。腰が引けてしまいそうになるのを必死に堪える夜を、王子が呼ぶ。

「……夜。夜は、一人でここを弄ることはある？」

「えっ……、えっ？」

とんでもない質問をされ、夜は平静を失う。けれど逆らわないと決めたばかりなので、夜は恥ずかしさに死にそうになりながらも震える唇を開いた。

「あ、の……あまり、しない、です」

「……そう。でも、することはあるんだ？」

くす、と笑われて、夜は赤面し、泣きそうになる。夜はあまりそういう兆候が体に現れないほうだったし、こちらに来てからは日々忙しくて忘れていたくらいだ。そんな言い訳をしても無意味な気もする。高貴な人はきっと、自分で触れるなんてことをしないのだ。夜は、自分がとても淫《みだ》らな人間であるように思えて、消え入りたかった。

「よかった」

ぽつりと呟いて、王子は夜の頬に唇を寄せる。

「で、殿下……？」

「じゃあ、自分でするのと私がするの、どう違うか見ていてごらん」

そう言って、王子は夜のものに愛撫を加えた。自分とどう違うのかなんてわからないし、なにもかも違うような気がしたけれど、夜は言われるまま王子の指が愛撫するのを見つめた。

「あっ、ん」

膝が揺れ、下腹の奥から尿意にも似たものが湧き上がってくる。びくっと身を竦め、夜は咄嗟に手で口を押さえる。

「っ……」

狼狽しながら、対面の王子を見る。視線に気付いた王子は夜の表情を見て、目を細めた。微かに開いた唇から、赤い舌が覗《のぞ》く。ひどく蠱惑的《こわくてき》な色に、背筋に悪寒が走った。

まずい、と夜は首を振る。

「で、殿下……はな、離してくださ……っ」

「何故？　いいから出しなさい」

そんなこと出来ません、と口をついて出そうになったが、必死に飲み込む。王子を否定してはならない。

けれど、これ以上我慢出来そうにもない。

心なしか、先程までよりも扱《しご》く手の動きが強く早い気がする。追い立てるような動きに夜は意味もなく首を横に振った。

――駄目だ、こんな……浴槽の中で、殿下の前で……！

両手で口を押さえても、荒い獣のような呼吸が零れてしまう。

駄目、駄目、と心の中で叫びながら、粗相をするなと自身に命じる。だが限界が近いのもわかっていた。内腿《うちもも》が震える。辛い。出せば楽になれる。でもそんなみっともない姿を王子に見せたくない。

不意に、先端を王子の指が捏ねる。

「あ……――」

押さえつけられたのに、どうしてか底から押し出されるような感覚に襲われ、気が付いたら吐精していた。

「あ、あっ、あぁ……っ、あー……っ」

がくがくと腰が震え、断続的に精液が噴き出る。その度に、唇から甘えるような上擦《うわず》った声が零れた。堪えていた分だけ長く、そして今まで味わったことのないような快感に頭が真っ白になる。

いつの間にか閉じていた目を開くと、王子に顔を覗き込まれていた。きっと変な顔をしていたに違いないと、夜は今更遅いとわかっていても顔を逸らさずにはいられない。

「……あぅ……」

くったりと王子の胸に凭《もた》れかかる。労《いたわ》るように背中を撫でられ、どっと襲ってきた疲労感に夜は目を瞑った。

「まだ寝てはいけないよ、夜」

「……はい……」

そう答えながらも、目が開けられない。夜を抱えたまま、王子が身動《みじろ》ぎする。それから、ふわりと甘い香りが鼻腔をついた。

蜂蜜《はちみつ》の匂いだ。けれどそれだけではなく、花と、薬草のような匂いも混じっている。嫌な臭いではなく、寧ろ心地よいような香りだ。

油断して弛緩しきった夜の腰を撫でていた手が、更に下へとずれていく。

「──っ、えっ⁉」

予想もしなかった場所に触れられて、夜は堪らず身を仰《の》け反《ぞ》らせた。酩酊《めいてい》したように霞《かすみ》がかっていた意識も、瞬時に戻ってくる。

──王子の指が……。

王子の指が、信じられない場所に入っている。

反射的に腰を浮かせたものの、逃げきれていなかった。追ってきた指にぐるりと中を掻き回されて、夜は「嫌」と口にしてしまった。

夜、と咎められたが、夜は首を振る。混乱してしまい、涙声で駄目だと訴えた。

「駄目です、そんなところ、殿下に」

「駄目ではないよ。いいから、任せなさい」

「駄目……っ、駄目ですっ、お許しください、嫌……！」

いやいやと首を振って抵抗したが、王子は指を抜いてくれない。それどころか、もう一本増やされた。あまりのことに息を飲み、夜は泣きながら王子にしがみつく。美しい王子の指がそんなところへ、と思う程、言いようのない罪悪感に苛まれた。

「嫌です……っ、嫌……っ」

「夜。いい子だから……力を抜きなさい」

王子は何度も、まるで子供の機嫌をうかがうように名前を呼びながら、背中を撫でてくる。ぐすぐすと洟をすすりながら、それでも王子に優しくされるのは嬉しくて、夜は王子に身を預けた。

押し広げるように擦られ、時折広げられる。その度に、中に温くなった湯が入ってしまうようで怖かった。弄られているところより、下腹や、何故か喉が苦しくなってきて、夜は王子の首筋に顔を埋めたまま胸を喘がせた。

気付けばまた指が増やされていて、一本目を入れられたときより自分の体が柔らかくなっているのを知る。

「ん……」

擦られている、としか意識していなかった場所から、覚えのない感覚が湧き始めた。けれどそれはすぐに遠ざかり、そうかと思えばまた戻ってきたりと、掴みどころがない。

「……夜」

呼びかけと同時に、痺れるほど弄られた場所から指が引き抜かれる。微かに酸欠状態になりながら、夜は顔を上げた。

「立ちなさい。そして、後ろを向いて、ここに手をついて」

王子の命に、夜はのろのろと従う。

言われた通り、浴槽に手をつくと、尻を王子に向ける形になった。いくらなんでもこれは不敬にすぎるのではないかと真っ青になる。

振り返ろうとするより早く、王子に腰を撫でられた。そして、先程まで弄られていた場所に、なにかの液体が垂らされる。蜂蜜や花のような、強く甘い香りが広がる。先程湯から漂ったものと同じだ。そこに、熱いものが押し当てられた。

「殿下、あの……、――っ！」

指よりも太く、熱いものが、肉を掻き分けるようにして中に押し入ってくる。本能的に逃げた体を、背後から拘束されて阻まれた。そして、より深く突き立てられる。

「……っ、……！」

熱い。苦しい。腹が破れるのではないかと、恐ろしくなる。

叫びたいのに、喉からは声にならない声が漏れた。膝が震える。頽《くずお》れそうになったが、また背後から引き上げられた。

「あと少し……我慢出来るね？」

掠《かす》れた声が耳元で囁き、そしてまだ奥に入ってくる。怖い、と体は震えたけれど、そんな風に言われたら、夜には拒みようがなかった。

「あ、あ……っ」

音を立てて、腰が打ち付けられる。

「っ、夜……！」

震える夜の体を支えながら、王子が息を吐いた。

「ん、あぁっ、あっ、あ」

ずるりと引き抜かれ、全身総毛立つ。すぐにまた中に戻ってきて、深い部分を小刻みに突き上げられる。ぬるぬるとした感触は、先程塗られたもので、恐らく香油の類《たぐい》だろう。

体から立つ音というのは、どうしてこんなに羞恥を煽られるのだろうか。結合部から漏れる泡立つ音も、突き上げられて肌と肌がぶつかる音も、あまりに淫らに聞こえた。

「ん、んっ」

そして、何度も揺さぶられているうちに、ただ苦しいばかりだった中が、むずむずと疼《うず》き始めてくる。焼け付くような甘い痺れが広がり、喘ぐ声が上擦った。

その正体が摑めず、ただ身を任せていると、夜を抱く王子の体がぶるりと震える。

「っ、夜……出すよ」

「え……？　っ、あ！」

何度か体を揺すられた後、一際強く突き上げられる。体の中、深い部分で、熱いものが爆《は》ぜる感触がした。

「あ……——」

王子に擦られ、突かれていたより更に奥にあった処女地を撫でるそれに、ぐらりと目が回る。浴槽の縁にかけていた手が滑ったが、王子の両腕に抱きしめられていたので湯の中には沈まずに済んだ。

——殿下のが……中に……。

頭がくらくらする。二人で息を切らし、汗だくになっていた。王子も、身動ぎしないまま呼吸を整えるように息を弾ませる。これでやっと終わる、と胸を撫で下ろした。

「ひ、あっ⁉」

ほっと息を吐いたのと同時に、王子の手が性器に触れてきて、夜は体を強張らせる。

「まだ、後ろだけでは無理なようだが……ちゃんと硬くなっているな。いい子だ」

「え？　あの、えっ？　待っ、ん」

下腹部を見ると、王子の手の中にある自分のものが、確かに兆《きざ》していた。触ってもいないのに、触られてもいないのに、どうして、と当惑する。

「嘘、どうして……、あっ！」

「手伝ってあげようね」

「え、いいです、いいですから……っ、ひっ」

逃げようとした体を押さえつけ、最初にしてくれたときよりも少し荒々しく、王子は夜のものを扱き上げる。もう既に一度達しているというのに、また硬く、そそり立っていくのがわかって夜は頭を振った。

反応するということは快楽を覚えている状態を示すはずだが、夜の許容量はもう超えていた。一度出したのに終わらない体に、羞恥と不安ばかりが募る。

信じられないことに、性器はすぐに張りつめた。初めての経験に、夜は背後の王子に縋りつく。

「嫌、お願いです、もうしないで……っ」

上擦る声で、夜は懇願した。頭が、体が、おかしくなる。そんな自分を、見られたくない。

「もうこんな風になっているのに、ここでやめたら辛いだろう？　遠慮しなくていいんだよ」

「してな、っ……お願いします、やめてください、やめ、嫌っ……ぁ！」

嫌、と言いながら、夜は二度目の絶頂を迎える。一度目より、ずっと早く、あっという間だった。

「……あっ、ぁ」

王子の掌を、汚してしまった。

中にまだ入っている王子のものを絞るように締め付けているのが、自分でもわかる。まるで、もっと欲しいと、ねだっているようだ。余韻に、腰がまだ痙攣していた。

けれど頭のほうはもう限界で、夜は子供のように泣きじゃくる。顎を掴んで振り向かされ、宥《なだ》めるように口づけられた。

「……早かったね？」

揶揄する言葉に、夜は喉を震わせる。どこもかしこも敏感になった夜の肌を撫でながら、王子が耳元で囁いた。

「知っている？　昔、精液や血液は、媚薬《びやく》だと信じられていたことがあるんだって」

ぐ、と腰を押し付けられ、完全に抜けない程度に引き抜かれると、中で出されたものがとろりと零れる感触がする。

微笑みながら、王子は夜のもので汚してしまった指を、その美しい口元に運んだ。花弁のような唇からちらりと見えた舌が、それを舐める。

とんでもない罪悪感と羞恥心が胸に去来する。

きっと自分は、ひどく淫らな顔をしているだろうと思った。それなのに、どこか甘く、胸が疼いた。

「……あながち、嘘でもなかったのかもしれないね？」

体の中にあった王子のものが、いつの間にかまた硬くなっている。こくりと唾を飲み込んで、夜は差し出された指を、自ら口に含んだ。


「ひどい顔色だぞ、夜。大丈夫か？」

「……おはようございます」

挨拶代わりにかけられた言葉に、夜は苦笑する。同僚に心配をかけてしまうほど、夜の顔色は芳しくないということなのだろう。

目が覚めたら王子の寝台の上で、既に陽が昇りきった時間であった。家庭教師は来ず、そのままこちらへ出勤した。

――怒らせてしまったかも、しれない。

昨夜の王子は、いつのもの優しい王子とは様子が違っていた。

許さないよ、と言われていたのに、夜は何度も抵抗してしまった。浴室で王子手ずから「教えて」貰ったが、あの後も、譫言《うわごと》のように嫌だと繰り返した記憶が朧げにある。

――逆らうつもりなんて……なかったのに。

本当に嫌だったわけではない。その証拠に、何度も達してしまった。それなのに、どうしてあんな風に言ってしまったのかと、夜は今日何度思っただろうか。

体への負担も大きかったが、なによりも自分の愚かさにいたたまれなくなる。

王子に立てた誓いを、破ってしまった。自分は王子のためならなんでも出来ると、そう思っていたのに。

あの行為は、きっと夜を罰するためのものなのだ。愚かな質問をし、逆らった夜への罰。それなのに拒む言葉を口にして、挙句に淫らな反応をした己が信じられない。

もしかしたら、王子は夜のことが嫌になったかもしれない。それが、悲しくてたまらなかった。

深く嘆息した夜の顔を、同僚が心配そうに覗き込む。

「夜、仕事休んだほうがいいんじゃないか？」

「平気です。全然、なんともありません」

「そうは見えないんだけどなあ……。今日は帰ってもいいよ」

「大丈夫です。頑張りますから」

帰れだなんて言わないでほしい。言外にそう訴えると、同僚は夜の気持ちを汲み取ってくれた。代わりに、少し休憩をとれと言われる。

なるべくなら、自室には――王子の部屋には戻りたくない。今一人であの部屋にいたら、余計なことを考えてますます気が滅入ってしまいそうだ。

いよいよ具合が悪くなったら遠慮なく申し出ろと言われて、夜は曖昧に頷いた。

それから数度目の溜息を落としたのと同時に、研究室の扉が開く。

そこに立っていた人物に、所員は作業を止めてわっと歓声を上げた。

「殿下！」

まさか、王子が来たのだろうかと夜は畏縮する。

けれどそこにいたのは、王子には違いなかったが、第二王子のほうだった。だからといって安心出来る相手でもなく、息を飲む。

「作業を中断させて悪いな。これ、みんなで食べてくれ」

市場で買ってきたばかりのような、袋に入った果物を差し入れて、第二王子が笑う。

有り難うございます、と気安く受け取り、同僚たちはあれこれと第二王子へ話しかけていた。

確かに、第一王子のときとは反応が異なっている。水を打ったような静かな空間が出来上がった兄王子とは違い、弟王子はそこにいるだけでみんなの気分を高揚させるようだった。

「ちょっと一人借りたいんだが、いいか？」

「構いませんが、皆狩りとかは不得手ですよ」

「そんなところにお前らを連れていくものか。――夜」

こそこそと部屋の隅に身を寄せようとしたのを見咎めるように、第二王子に名を呼ばれる。

まさかのご指名に恐る恐る振り返ると、第二王子は苦笑した。

「あいつを借りていく。少しだけだからいいだろ」

「殿下、そのことなんですけど、あいつ少し具合が悪そうなんです。いっそ連れて帰って貰っていいですかね」

「そんな……！」

それは困る、と言いかけ、口を噤む。実際、彼にはあまり近付きたくないと思っているのだが、これでは第二王子を拒否しているようで体裁が悪い。

第二王子はなにか企んでいるような笑みを浮かべて、大股で夜へと歩み寄る。澄んだ緑の瞳に覗き込まれ、夜は猫を前にした鼠《ねずみ》のように竦み上がった。

「ひ……っ」

第二王子は咄嗟に逃げ出そうとした夜を抱き上げる。初めて会ったときのように肩に担がれ、腹にかかった大きな負荷にぐったりと脱力した。

「じゃあ、持って帰ってやるよ。皆は安心して仕事に戻れ」

「よろしくお願いいたします」

よろしくじゃないです！　と反論したかったが、王子を目の前にそれも言いづらく、腹を圧迫する体勢に言葉を発する元気もない。

涙目になって助けを求める夜を、同僚たちは笑顔で見送ってくれた。


研究所の庭の木陰で、第二王子は仰向けに転がる夜に上着を使って風を送ってくれている。

「おい、大丈夫か」

「……はい」

外に出るまで王子の肩に担がれたままだった夜だが、強い陽差しを浴びたら眩暈が襲ってきて「吐きそうです」と訴えた。第二王子は慌てた様子で夜を横抱きにし、この場所へ運んでくれた。なんならここに吐けと手を差し出され、流石に無理だと夜は倒れ込んだ。

木陰は涼しく、柔らかな芝もひんやりとして心地よい。人通りの多い場所だが、その喧騒が不思議と落ち着く。その場所でじっとしていたら、多少気分は快復した。

「……ほら、これやる」

木漏《こも》れ陽《び》すら眩《まぶ》しくて目を瞑っている夜に、第二王子が声をかけてくれる。うっすらと瞼を開いたら、第一王子の髪の色を彷彿させる、薄黄色の果実だった。

王子のことを思い出し、また少し胸が痛む。それを誤魔化すように、受け取った丸い実の匂いを深く吸い込んだ。

「果実を食え。疲労回復になるんだそうだ」

一度は手渡した果物を奪い返し、第二王子が豪快に皮を剝く。皮をその辺に捨てた後、中身を夜の手に戻した。王子手ずから施してくれたものを、食べないわけにはいかない。

夜は怠く重い体をどうにか起こす。

「……いただき、ます」

「召し上がれ」

おそるおそる歯を立てると、爽《さわ》やかな酸味が口に広がる。水分の多い果実はすっかりと乾いていた夜の喉を潤してくれた。

「うまいだろ?」

子供のように笑う第二王子に、夜は頷く。その様子が、かつての幼馴染と重なって、夜は微笑んだ。あんなに怖いと思っていた相手だったのに現金なものだ。懐かしくなどならないと思っていたのに、彼がなにをしているのだろうか、と気にかかる。少々乱暴なところもあったが、よく「黒鬼」に構ってくれた。

一方で第二王子にも、夜に対する剣呑《けんのん》な雰囲気が薄れているような気もする。ちりちりと焼かれるような視線を、今日はこちらへ向けない。

一体どういう風の吹き回しだろうとじっとその横顔を見つめると、第二王子はばつの悪そうな顔をして咳払いをした。

「悪かったよ。具合悪いとこ連れ出して」

「あの、いえ……」

第二王子は顔を顰め、それの話ばかりじゃなくて、と口にした。

「昨日のことも、悪かった。反省してる」

だからそんなに怖がるな、と言って第二王子は頭を下げた。

展開についていけず、ただやんごとない身分である彼にそんな真似をさせるわけにはいかなくて、「やめてください！」と慌てる。第二王子はちらりと顔を上げ、狼狽しきりの夜を見てふっと吹き出した。つられて、夜も笑ってしまう。

「本当に、気になさらないでください。俺は大丈夫ですから」

体は頑丈なほうなので、と言いかけて、その説得力のなさに口を噤む。

「いや、無理矢理押し倒したのもそうだけど、ひどいことを言っただろ」

「ひどいこと、って」

「王族の傍にいるのに相応しくない、とか」

ひどいこともなにも、それは本当のことだ。

けれど、そういった差別発言は、民を大事にしたいという彼の主義に反した言葉だったのだろう。夜よりも彼のほうがずっと気落ちしているようだ。

「……俺は、兄上に王になって欲しいんだ」

ぽつりと落ちた呟きの唐突さを不思議に思いながらも、夜は頷く。

「わかっています。だから俺と噂が立つのが困るってことですよね」

「違うんだ。本当は、そういうことじゃない。それぱかりじゃないんだ。噂は所詮噂で、本当のことではないし、昨日も言ったが妾を持つこと自体は往々にしてある。性別問わずな」

やはり、第二王子の伝えたいことがうまく汲み取れない。

口を挟まないでいる夜に、第二王子は嘆息する。

「夜は、兄上のことが好きか？」

「勿論です」

即答した夜に、第二王子は虚を衝かれたような表情になった。

「……第一王子が俺のことを嫌っていても、俺は、王子が大事です」

昨夜は、とても辛い目に遭った。王子の不興を買ってしまった。王子は、夜の浅ましさを軽蔑したただろう。

それでも王子のことを好く気持ちは変わらない。けれど、王子のことを思うと、今まで覚えのないような胸の痛みに襲われた。無意識に、服の胸元を握りしめる。

第二王子は頭を掻き、あのな、と切り出した。

「お前が兄上を好くのは、構わないんだ。だが、兄上にお前のことを好きになられると……困るのだ」

それを夜に言うのもわからないが、あまりに現実味のない言葉に夜は苦笑する。

「……心配いりません。殿下は、俺のことは――」

側近として、あるいは愛玩動物のように、好ましく思ってくれていたかもしれない。けれど、第二王子の言うそれとは違うだろうし、なによりもう、その好意でさえ危ぶまれる。

「何度も抱いていればそのうち情も湧くさ。飽きたら切り捨てられるという方ならいいのだろうけれど、兄上はきっと情が深まるタイプなんだ」

「抱く、と仰られますと」

「なんだ今更。昨夜、兄上と契《ちぎ》ったのだろう」

ぐいと襟《えり》を引かれて、露になった胸元に視線を落とす。湿疹に似た赤い斑点に、夜は目を丸くした。触れてみるが、痛いわけでも痒いわけでもない。

一体いつ出来たものなのだろうとひとつずつ指でなぞってみて、昨夜王子に歯を立てられた場所だと思い至る。

「あ……っ」

慌てて襟を掻き寄せる。胸元を覗き込んでいた第二王子は、しみじみと「すごいな」と呟きながら、俯いた夜の項に触れた。

「俺がちょっかいをかけたせいもあるが……首にもあるぞ」

「あの、その」

「兄上とは、本当に初めてだったのか？」

本当に昨日が初めてだった、という申告にどれほどの意味があるかはわからず、夜はぱくぱくと口を動かす。

書物などで「抱く」「契る」という言葉が出てくるが、具体的にどういうことをするのかはわかっていなかった。男同士であったし、あの行為が「契る」ことだという意識が今の今まで抜けていたのだ。

夜の表情を眺めていた第二王子が、ふっと息を吐く。

「そういう物慣れぬところが、心配の種でもあり、兄の疲れた心を癒やすのかもな」

「いえ……あの、なんと申し上げれば、よいのか……その」

「兄上は、ずっとお疲れで、そして悩んでらしたのだろうな。お前は兄上が唯一……」

「え？」

第二王子ははっとして首を振る。

「いや、なんでもない。……でも、もう『噂』は噂ではなくなった」

不意に静かになった声に、夜ははっとして第二王子を見る。複雑そうな表情で、第二王子は頭を掻いた。

「何度も言うが、お前が好意を持つのは構わないんだ。だが、逆は困る。兄上は、そういう人なんだ。……ひどいことを言っているのは、俺もわかっている。けれど、頼む」

第二王子が、再び夜に向かって頭を垂れる。

「お前が兄上を好いているなら、わかって欲しい。これ以上、兄上と一緒にいるのは、兄上の未来を阻むことにもなりかねない。だから――」

「そう、ですね」

王子は、夜をそういう意味で好いているわけではない。あくまで、「恋人の振り」だ。

けれど彼は優しいから、夜の存在が不要となっても捨て置くような真似はしないだろう。そして弟王子の言うことが本当ならば、情が湧いてしまう性格であるという。

いらぬ憶測を招くことになるに違いないのだ。王子の評判はもとより、仲のよかったであろう兄弟仲をまずくするのも、夜は望まない。

「俺のところに来いと言ったのも、ただの思い付きではない。兄上は遠慮からか、小さな頃から俺のものには一切手を付けないからな。俺のところにお前が来たら、きっと、諦めてくださる」

なるほど、と夜は顎を引く。

きっと自分は、王子から離れて、第二王子の庇護下につくのがいいのかもしれない。

「……もしかしたら、近いうちにお願いに上がるかもしれません」

けれどどうしても、すぐに行きますとは、言えなかった。可能な限り、傍にいたい。

「そうか」

どこか安堵するように息を吐き、第二王子は夜の手から果物を一粒奪う。それを口に運び、いたずらをした子供のように笑った。夜もそれにつられて頬を緩める。

確かにこの親しみやすさを民全員に発揮しているのだとしたら、とても付き合いやすいだろう。おまけに、彼は國の上層部への発言権を持ち、民を心から心配し、傍らに寄り添ってくれる。そして、兄想いの優しい人だ。

「おっと、垂れた」

みずみずしい果実は、第二王子の手や口元を果汁で汚す。夜は上着から、手拭き用の木綿布を取り出し、彼の口元へ押し当てた。第二王子はぎょっとした顔をし、それから首を捻る。

「うーむ……」

「どうなさいました？」

透明な果汁なので染みは付かないだろうが、襟まで飛んだ箇所をとんとんと布で叩く。

「俺はやはり、こう、いなし甲斐のある元気な跳ねっ返りみたいなのが好みだな」

「はあ……」

突然なんの話だろうと思いながら、夜は布をしまう。

「そういうほうがわかりやすいだろう？　でも、お前みたいなのはなあ。……兄上も気が気ではなかろうな」

「――ここで、なにをしている？」

不意にかけられた声に、揃って息を飲む。

いつの間にか眼前に立っていた第一王子に、二人は顔を見合わせた。

「ええと、兄上」

「答えなさい」

じろりと睨《ね》め付けられて、第二王子は慌てた様子で「違うんです」と言って腰を上げた。

「俺は夜と和解を、ですね」

昨日の蛮行を、と言い募る弟に、王子は夜を振り向く。

「そうなのか、夜」

「あの……はい、そうです」

悪巧み、というほどではないが、王子に内緒の話をしていたので、夜は落ち着かなく視線を彷徨わせた。今の話を聞かれてはいないだろうが、王子に不審に思われてしまうのはまずい。

けれど、長年人と付き合っていなかった弊害か、夜は嘘を吐くのが下手だと、同僚からのお墨付きだ。じっと見つめられて、冷や汗が滲む。

「……私には言えないことなのか」

「あの、そういうことではないんですよ兄上。俺が」

「お前には訊いていない」

ぴしゃりと撥ねつけられて、第二王子は傷ついた顔をしていた。けれど王子は弟に視線を向けず、ただ真っ直ぐ夜を見下ろす。

「弟には相談出来ても、私には出来ないのか。私はそんなに……」

言いかけて、王子は口を噤む。足早に歩み寄ってくるなり、王子はおもむろに夜を横抱きにした。食べている途中だった果物が、地面に落ちる。

「あの、殿下――」

「部屋へ帰る。いいな」

制止する間もなく、王子は踵を返す。

「あ、兄上！」

「なんだ」

「その、今晩はあまり無理を……」

「黙れ。口が過ぎるぞ」

憤りを含んだ口調で言い放ち、王子は歩みを進める。王子の肩越しに、第二王子が肩を落とすのが見えた。

このまま部屋に帰ったら、昨日のように抱かれるのかもしれない。夜が意に添わぬことをしたから、それを咎めるために。

第二王子は、それが情に変わるのではないかと危惧しているのだろう。

けれど、きっと大丈夫だ。こうして触れていても、彼が憤慨しているのが伝わってくる。またひとつ、王子に嫌われてしまったと思うと、悲しくてしょうがなかった。

それでも、夜は第二王子ではなく、第一王子が好きだ。

傍にいたい、と心から思うのは、獄中から夜を連れ出してくれた、太陽のような王子なのだ。

あれほど一緒にいられなかった日々が嘘のように、王子と一緒の時間が増えた。公務自体は減らしていないのだが、会談の類は長居せずに切り上げてくるようになったのだろう。

けれど、以前よりも、話をすること自体は減っていた。

連日、王子は夜を抱く。

恋人同士ならその頻度でもおかしくないだろうが、夜は、王子の恋人ではない。まして、そういった意味で好かれているわけでもない。あくまで恋人の振りであり、その延長で王子に抱かれているだけだということを、夜も自覚している。

頭ではわかっていても、それが少しだけ、辛い。

「や……っぅ」

無意識に逃げ出した夜の腰を、王子が押さえつけて阻む。ずるずると引き戻され、後ろから強く穿《うが》たれた。

目の前に、火花が飛んだ。灯の光は太陽光より暗いはずなのに、眩しくて眩暈がする。

一番敏感な部分を抉《えぐ》られた夜は、声もなく仰け反った。

「……っ、……！」

衝撃が強すぎて、達することが出来ない。浴槽の縁に縋り、ゆっくりと引き抜かれる感触に、声もなく身を震わせた。自分のものが、痛いくらいに張り詰めているのがわかる。今、体のどこかに触れられただけでも、すぐに爆ぜてしまいそうだ。

「夜……」

「っ……」

耳元で、荒い呼吸交じりに名前を呼ばれ、それにすら感じ入ってしまう。夜は乱れた息を整えようと、一度唾を飲み込んだ。

「夜、こちらを向きなさい」

背後から顎を摑まれ、肩越しに顔を後ろに向けた。重なってきた唇の感触で、初めて自分が強く唇を嚙んでいたことを知る。

「……ん……」

労るように唇を舐められ、肌が粟立った。口を微かに開き、王子の舌を受け入れる。互いのものを絡めると、頭に霞がかかったようになってしまうのが、夜にはいつも不思議だった。柔らかな快感に身を任せ、瞼を伏せる。

「ん……っ」

まだ硬いままだった王子のものが完全に引き抜かれ、夜は目を開けた。振り返ると、王子は浴槽に浸かりながら、夜に掌を差し出す。

「おいで」

「……はい」

おずおずと、夜は王子の命に従って、彼の膝の上に跨《また》がった。腰を抱かれ、導かれるまま腰を下ろす。

湯の中で、再び体の中に王子のものを受け入れた。すっかり綻んでいたその場所は、難なくそれを飲み込んでいく。

「――ぅあっ！」

ゆっくりと下ろしていた腰を摑まれ、一気に奥まで突き入れられる。

強い衝撃に、今度こそ夜は吐精した。腰が大きく跳ね、目の前が一瞬真っ白になる。

「あっ、あ……っ、あぁっ……」

恥ずかしいくらい、甘い声が漏れる。指先が、爪先が、蕩けそうに痺れた。

一度達し損ねたせいか、いつもより長い。がくがくと腰を震わせながら反る夜の背中を、王子が支える。王子は湯の浮力を使いながらゆっくりと、けれど少し乱暴に、まだ達している最中の夜の中を何度も擦り上げた。浴槽の湯が、激しく波立つ。

与えられる快楽に、体が無意識に逃げた。浮かしてしまった夜の腰を、王子はもう一度強く突き上げるように引き寄せる。

「――ッ」

夜、と王子の切羽詰まった声で名前を呼ばれた気がした。同時に、夜は体の奥で爆ぜた熱を受け止める。王子の両腕に抱き込まれていたせいで、少しも逃げることが出来なかった。

「ん……っ、んっ」

気が付いたら夜は、王子に縋る恰好で、体の中に出された熱を受け止めながら断続的に身を震わせていた。

湯の中に、自分の出したものが入ってしまった、という罪悪感に襲われたのはその後からだ。王子の肌に触れている場所で粗相をした事実に、泣きたくなってくる。初めてのことではないが、その度にいたたまれなくなり、慣れそうにない。

「う……っ、ん、ぁ」

そんな気持ちは本当なのに、夜の体はまだ王子に与えられた快楽を味わうように蠢く。羞恥に耐えかねて手で口元を押さえると、腰を揺すられた。

「ん、あっ……あぅ、あぁっ」

敏感な中を擦られて、口からだらしない嬌声《きょうせい》が漏れる。堪えたいのに、甘えるような悲鳴が止まらない。

「あ、あっ……っ、うー……っ」

頭がおかしくなりそうで、夜は浅い呼吸を繰り返しながら、王子の首元に縋りついた。嗚咽《おえつ》に似た喘ぎを零しながら、首を横に振る。

耳元で王子の笑う気配がして、ようやく夜の体を上下に揺するのをやめてくれた。

ほっと胸を撫で下ろすと、王子の左手が湯の中で夜のものに触れてくる。その強い刺激に、夜は飛び上がった。

「ひぅ……っ」

「いい子だ。……後ろだけで、ちゃんと出せたね」

王子の指摘に、夜は絶句する。前への愛撫なしで達してしまったことを自覚させられて、あまりの動揺に声が出せなかった。

――恥ずかしい……！　しかもまた、殿下より先に……たくさん……。

なにによいても主君より先に、自分だけが快楽を享受するなんて、あってはならないことだ。だから必死に堪えているつもりなのに、意志の弱い体は決意とは裏腹にいつも先に達してしまう。

水中でもぬるついているのがわかるそれは、王子の美しい手指で弄られ、浅ましくも再び硬くなり始めている。

淫らな体は、王子を呆れさせてはいないだろうか。そんな不安に駆られながら、問うことなど出来るはずもなくて、必死に飲み込む。

——せめて、お勤めくらい満足に果たせなければ。

夜はあの後、「慰み者」という言葉を知った。紛れもなく、これは己に該当する単語だと思ったのだ。少しでも、王子の心や体を慰められるのであれば、それでも構わないとすら、夜は思ってしまったのだけれど。

夜はおずおずと手を伸ばし、王子の頬に当てる。そして、その場所に初めて唇で触れた。

「夜……？」

口づけを、する勇気はない。それ自体は何度もしているけれど、自分からは出来なかった。恐れ多くて、許される気がしない。

ただ、気持ちを込めて頬に唇を二度、三度と寄せる。もう一度触れようとした瞬間、肩を摑まれて引き離された。

「殿下？」

王子は、悲しげな、怒っているような、形容しがたい表情を浮かべている。

どうしたのかと訊こうとした夜の項に手を回し、乱暴に唇を重ねてきた。

「ん、んっ？」

息ごと奪うような口づけに動揺しながら、夜は必死に応える。自分が王子を気持ちよくしなければと思うのに、唇を合わせながらまた腰を揺すられて、ままならない。

「んん、んー……っ」

中をゆっくりと掻き回され、夜は身悶える。あやすような動作は、緩やかで絶え間ない快感を夜に与えた。達するには至らない快感に焦れるように腰が揺れる。

「んっ、ん……っ、あ……？」

不意に唇が離れ、しがみついていた身を引き剝がされた。

「殿下？　……ぅあっ？」

腋《わき》に手を入れて抱き上げられ、中に入っていたものが引き抜かれる。唐突に離されて困惑していると、王子は立ち上がり、夜を横抱きに抱き上げた。

今日はもうおしまいにするのだろうかと、王子の顔をうかがう。少し中途半端なところだったので残念かもしれない——そう思いかけて、なんと図々しくもいやらしい考えだろうと夜は眉を寄せる。

王子は夜を抱き上げたまま浴槽を出て、自室へ繫《つな》がる扉を開いた。

——え？

いつもは浴室内で体を拭き、身支度を調えるのが常だったが、直接自室へ戻ってしまった王子に夜は戸惑う。

「あの、殿下」

「心配しなくていい。人払いはしてあるから」

それはわかっているけれど、初めての事態に夜は激しく動揺する。秘め事を行うために浴室を使っていたのではないのだろうか。王子は夜を寝台の上に下ろし、自身も乗り上がってきた。

「あの、お体を拭いてから……、っ」

長い髪を掻き上げて、王子は無粋なことを言うなとばかりに夜の口をその唇で塞いだ。口づけを深めながら王子は夜の脚を開かせる。熱く綻びきった場所に指を入れ、そこを広げながら性器を再び夜の体に咥《くわ》え込ませた。

「っ……！」

口づけで嬌声を押さえつけ、王子はゆっくりと奥まで押し進む。

一番深いところまで嵌《は》めきった後、腰を密着させたまま突き上げてきた。

「っ、あぁ……っ」

鈍痛に似た快楽が体を走り、夜は泣き声のような喘ぎを漏らす。浴室で快感に炙《あぶ》られ、緩やかに上り詰めていた体は、あっさりと陥落した。自分と王子の間に挟まれていた性器が濡れる感触がする。息を止めて身を強張らせ、びくびくと震えながら、夜は王子の胸に額を擦り寄せた。

「夜」

「……殿、下……」

王子の寝台の上で、王子の香りに包まれながら抱かれているという状況に当惑しながらも、胸が喜びに震える。

まるで走った後のように息を弾ませながら、夜は頬を緩ませた。

「っ……夜」

夜を呼び、王子が激しく腰を打ち付けて来た。唐突に責めたてられ、夜は瞠目する。

「あっ！　ぅあ、あっ、あ……っ、あぁっ」

寝台が軋み、大きな音を立てるが、それに負けないくらいに夜は声を上げてしまった。

極めている最中の体は、いつもの何倍も感じやすくなる。理性を焼き、はしたないと恥じる心が薄れ、揺さぶられるまま声を上げるのが常だ。

もうこれ以上出ない、上り詰める場所がない、と思っているのに、夜の体は更に追い詰められて痴態を晒す。限界を超えて尚続く絶頂感に、夜は頭を振って、泣きながら喘いだ。

「あ、んっ……うぁ、あ、うぅー……っ、あ、あ」

「……夜、もう少し、っ……堪えてくれ」

切羽詰まったような声で請われ、夜は必死に頷く。宥めるように唇が重なり、夢中になって応えた。

数度腰を打ち付けられた後、王子が体を強張らせ、息を詰める。

「っ、あっ……――！」

その直後、体の深い場所に叩きつけられた熱いものが、奥のほうでじわりと広がった。その衝撃に、一瞬意識が落ちる。すぐに気が付いたが、弛緩しきった体に力は入らなかった。

上から押さえ込むように抱き竦められ、まったく身動きが取れず、息も苦しい。王子は深く嵌めたまま、何度も腰を揺すり、震える夜の体に熱を飲み込ませる。

「夜……」

前髪を掻き上げられ、額に王子の唇が落ちてくる。拘束が少しだけ緩み、王子は唇を合わせてきた。痺れたように動かない夜の舌を、王子が甘噛みし、吸う。味わい尽くすような動きに応えられず、されるがままになりながらも、夜は王子の後戯に恍惚《こうこつ》とした。

「……ん、ぁ……」

王子の体の重みも、強く抱かれることも、肌が触れ合うことも、全部嬉しくて、体の芯が喜びで震えた。

けれどそういう嬉しさはいつも一瞬で、体温が冷えるより早く、夜の頭は冷静になる。

唇が離れ、王子が優しい手つきで夜の頬を撫でた。

「すまない、少し無茶をした。……痛くないか?」

耳元で低く問われ、夜は首を振る。

「……きもち、いいです」

何度も何度も抱かれるのは、疲弊するけれど好きだ。わけがわからなくなって、王子とどろどろに溶け合うように錯覚出来る感じがいい。仕置きのためだと思っていたこの行為は、体が慣れてしまうと、とても気持ちのよいものだと夜は知った。

この体を気に入ってくれたのなら、夜のことで王子が好ましいと思うものがひとつでもあるのなら、嬉しい。

「……夜は、私を……」

途切れた言葉は、それ以上続かなかった。喉元を、王子の指が滑っていく。猫をあやすような仕草に、夜はこっそり苦笑した。

夜は王子にとっては、恋人や愛人というよりも、愛玩動物のようなものなのだ。

何度も抱かれて、自分に気持ちのない相手に抱かれるのは辛いのだと、夜は知ってしまった。

夜ばかりが王子を好きで、触れられると辛い思いをするだけだとわかっているのに、好きだから触れられたいと思ってしまう。

でも、心なく触れられるとやっぱり身を切られるように辛い。

矛盾した自分の心が、夜にはわからない。触れられることが辛いなんて、島にいた頃には到底考えられなかった悩みだ。

それでも体を求められると拒むことも出来なくて、夜は請われるまま王子に抱かれるのだ。愚かなのはわかっていたが、それでも、王子に触れられるのが好きだった。

夜は、王子が好きだった。

「やはり、辛いのだろう？」

王子に指摘されて、己が泣いていることに気付く。

「……いいえ」

声が、涙に濡れる。体は辛くない。

「嫌ならば嫌だと、はっきり言ってくれて構わない」

「嫌だなんてそんなこと、ありません」

それは本当だった。一体、どう言えば信じてくれるのだろうと、夜は目を伏せる。涙が零れるのが、今度はわかった。

王子の掌が、頬に触れる。こんなに優しくしてくれる人のすることを、好きな人にされることを、どうして嫌だなどと思えるのだろう。

初めてのときと違い、抵抗もしていない。嫌だと口にもしなくなった。本当に嫌な行為ではないのだから、当然だ。それなのに何故、そんなことを言うのだろう。

「……私に、王族に逆らったからといって、私は夜を罰したりしない。だから、言いたいことがあるのなら、言って欲しい。そうでないと、私は——」

「いいえ」

辛いのは、体ではない。そんな言えるはずのない気持ちを飲み込んで首を振る。

夜の反応に、王子は柳眉を寄せた。

「こんな風にお前を抱く私が言っても、説得力などないか？」

「違います！　……どうして、そんなこと仰るんですか。本当に、嫌ではないです。俺は、本当に」

言い募りながら、夜は口を閉じる。必死に否定しても、王子は寂しげに目を眇めた。

あしらうように笑いながら、けれど痛ましいものを見るように、王子が夜の髪を撫でる。

「なんでもいい。私に、言うことはないか。言いたいことはないのか……？　お前の望むことならば、私は」

「ありません。……本当に、ないんです。殿下」

王子に気取られてはいけない。こんな気持ちを悟られたら、王子は夜に気を遣ってしまう。

そうしたらきっと、抱いてくれることさえなくなってしまうのだ。

だから、どこも辛くはない、嫌なことはなにもないと夜は問われるままに繰り返す。

必死に言い募るのに、王子は表情を曇らせてしまった。

どんな風に言葉を繋いだら、王子の負担にならずに済むのだろう。

考えても答えはまとまらなくて、ただ焦れて夜は首を振る。

本当です、と口にして、夜は王子にしがみついた。

自嘲するように響いた声色に、夜は何度も首を振った。

連夜王子に抱かれている実情に反し、「王子が男妾を囲っている」という醜聞は次第に耳に届かなくなっていた。

もう噂の「旬」が過ぎたのだと言っていたのは、第二王子だ。

王子自身がせっせと見合い相手の屋敷へ足を運んだこともあるし、人の興味は別の醜聞へと既に移行している。市井の意見としては、王子もまだ若いし、噂の真偽はともかくまだ充分に遊べる年齢だろう、という様子だ。それがいいことか悪いことかはわからない。

それに加え、周囲が皆、夜が王子の傍に仕えていることに慣れたのだろう。夜に対する認識が、「未開の土地から来た得体の知れない人間」から、「研究所で働く王子の側近」に変遷したのだ。

実情を、よく表していると夜は思う。

接する時間も増えた。肌も重ねている。体は深く交わっているのに、何故か王子がどんどん遠く離れていくような、そんな気がしていた。

胸の奥が締め付けられるように痛み、王子の身支度と着替えの手伝いをしながら、夜は小さく息を吐いた。

元々は女官たちの仕事であったが、情事の度にいちいち彼女たちを呼びつけるわけにはいかない。かといって、一糸纏わぬ姿のままでもいけない。

王子一人で着替えられないわけではないが、そんなことをさせられないので夜が手伝いを申し出た。王子に訊いたり女官に習ったりしながら回数を重ね、今ではすっかり慣れたものだ。近頃は浴室ではなく寝台ですることが増えたので、寝具の調え方も覚えてしまった。

昨晩は王子の帰りが遅かったので、今日は色っぽい意味のないただの着替えだ。

「殿下、本日のご予定は……」

上着の襟を直しながら問うと、王子は長い絹のような髪を首元から横へ流しながら「そうだな」と呟いた。

「……今日は一日休みにする。夜は？」

「俺も休みです」

王子が肩越しにこちらを振り返る。王子の目が、苦しげな色を湛える。最近、彼は夜を見る度に、辛そうな表情をすることが増えた。

「……体調が悪いか？」

暗に、抱かれていることが響いているのでは、と心配されて、夜は赤面しながら首を振った。

「あ、いいえ。そういうわけではありません！　あの、全体なんです。単に」

連夜王子の相手を仰せつかっているが、慣れてくると多少疲労が残るほどで、このところ体調にまでは影響しないようになってきた。

ただ、気持ちが沈んだままであることが、表情に出てしまっているのだろう。体は馴染んだが、王子に触れられる度に、心は澱《おり》のように深く沈み、淀む。

殺人の嫌疑をかけられ投獄されたときですら、今程気分が落ちてはいなかっただろう。

そう考えると、自分は随分とここの暮らしに適応してしまったらしい。

「午前中は勉強の時間ではなかったのか？」

「今は週に二度ほどに減りました。午前中から研究所に行くこともあるんですけど、今日はそっちもお休みなので」

「ああ、うん。そうだったか」

午前中の勉強は主に読み書きや歴史などの基礎教養から、行儀作法などを教えて貰っていた。ある程度急いで教授して貰ったこともあるが、基礎教養などは殆ど問題なくなってしまったので、教師の派遣日数を減らす許可を王子から得ている。

けれど王子はその頃多忙を極めていたので、そのあたりの記憶が一瞬落ちていたらしい。言いながら思い出したようで、微かに顔を顰めていた。

道具を片付けている夜に、王子は「予定は」と訊《たず》ねてくる。

「予定という予定は特にありませんが……あ、本を借りて読む予定でした」

「本？」

「はい。俺の育った『島』に関するものを。絵本は少しだけ読んだことがありますが、やっと、それなりに本も読めるようになってきたので」

以前までは、とにかくこちらの文字を覚え直すのに必死で、基本は教科書のようなものや、研究所の書籍や書類を読むことが多く、娯楽本の類は一切手を付けていなかった。公的文書に慣れると娯楽本のほうが俗語や砕けた表現が多く却って難解だという側面もある。

あとは単純に時間の問題で、勉強、仕事、その他と目まぐるしく生活していたところに、今は少々ゆとりが出来たのだ。

「……夜は、島に帰りたいかい？」

「え……」

そういうつもりではなかったし、帰りたいと思ったこともなかった。

けれど、どこかで懐かしむ気持ちはあったのかもしれない。幸せだったとは言いがたい。けれど愛する祖母がいたところであり、自分の生まれた場所でもある。己の系統を引く地を、少しでも知りたいと思った。

「帰りたいわけではないです。でも、里心というものが付いたのかもしれません。懐かしい気持ちが、少しあります」

「そうか」

目を細めて、王子が夜の頭を撫でる。柔らかく髪を梳かれて、どぎまぎした。

「ええと、それで、島のことについて書かれている本を読もうかと思ったら、貸して頂けることになって……」

言いながら、王子が無表情でこちらを見ていることに気付き、夜は口を閉じた。なにか不興を買っただろうかと戦いていると、王子は硬い表情をゆるりと解き「ここにもあるよ」と微笑んだ。

「そうなんですか？」

「私の書斎にも、島に関する文献はある。絶対数が多くないし、殆ど持っているから別に他から借りる必要はないよ。ちょっと待ちなさい、持ってこよう」

「え、あの」

王子はそう言うなり、書斎に入ってしまった。

貸してくれると申し出てくれたのは弟王子なので、後で兄王子のほうに見せて頂いたと言わなければと、夜は頭を掻いた。

程なくして書斎の扉が開く。王子が両手に沢山の本を抱えていたので、夜は急いで駆け寄った。けれど王子は「大丈夫」と言いながらそれを机まで運ぶ。

「まだあるけれど、代表的なものをいくつか選んでみたよ」

山のように積まれた書籍にぽかんとしてしまう。王子は更にそれをいくつかに分類して机の上に並べて重ねていく。

「これは研究書、こっちは創作小説、もう読んだと言っていたけど、絵本もいくつか。これは論文集だけど、島についての見解がいくつか載ってる。まあ、あまり読んで面白いものではないかな。どれでも好きなものを読むといいよ」

「あ、有り難うございます！　こんなに沢山あるんですね」

「今すぐ読まなくても、机の棚に挿《さ》しておくから好きなものをゆっくり読みなさい」

はい、と返事をしたものの、今日は王子も休みだというので、自分がここで本を読みふけるわけにはいかない気がする。手を伸ばさずにいると、それを察した王子が本を二冊選んだ。研究書を一冊と、絵本を一冊ずつ。

「これは比較的新しいもので、平易な文章で短くまとまっている。こちらは代表的な絵本だから多分読んでいると思うが、この研究書にも頻繁に出てくる。併せて読むと面白いと思うよ」

「あ、これ読んだことあります」

絵柄は違うが、本の題名は同じだ。夜はひとまず絵本を開いた。そして、王子も机の前に座り、小説を開く。王子がもうひとつの椅子を示すので、夜もそこへ腰を下ろした。

王子の選んでくれた絵本に目を通す。

なんでもそうだが、絵本は明確に「島」についてのあれこれが描かれているわけではない。本題は別のところにあり、大体の流れは同じだ。

登場頻度の高い「赤い髪の悪魔」は暴虐《ぼうぎゃく》で嘘つきで、人々を困らせる。最終的には王や騎士など、英雄の登場により討伐《とうばつ》され、自分たちの島へ帰っていく、というのが定番である。

可愛らしい絵で描いてあり、大人が子供に伝える教訓めいたものもちりばめられてある。けれど、研究所にも赤い髪の同僚がいて、子供の頃赤い髪は悪魔色、などと揶揄されるのが嫌だったと言っていた。

「殿下、これって——」

本に落としていた視線を顔ごと上げたら、思ったよりも近くに王子の顔があって、夜は思わず硬直する。王子も本を読んでいるかと思ったが、いつから夜を見ていたのか。

唇も、体も、何度も重ねているというのに、不意打ちの接近に思わず照れた夜は、顔を真っ赤にしてしまう。王子は少々驚いたような顔をして、それから頬を緩めた。

すっと近付いてきた王子の鼻先に、慌てて本を間に翳す。

「こ……これって、どうして赤い髪の人たちなんでしょうか？　俺の黒髪と違って、赤い髪の人って異端っていうほど少なくないじゃないですか、どうして赤なんでしょう」

「それはね」

王子は夜が防護壁のようにしていた本に指を引っかけて下ろさせる。そして夜の顳顬《こめかみ》に音を立てて口づけた。

「……っ」

「——俗説は色々あってどれも確定ではないけれど、私は水質汚染が有力説だと思っているよ」

飛び上がった夜と打って変わって、王子は何事もなかったかのように答えている。

赤面しながら口をぱくぱくと開閉していると、王子はちらりと夜を見て、おかしそうに笑った。

王子は単なるいたずらのつもりかもしれないが、夜にとっては気が気ではない。胸が高鳴って、嬉しいのに苦しい。

「……赤い髪の人が、島に移住したってことでしょう、か」

「ああ、それは」

「――移住っていうより、恐らく『流刑』だな」

突如割り込んできた声に、夜と王子は同時に振り返る。背後に立っていたのは、第二王子だった。その手に数冊の本が抱えられているのを見て、夜はあっと声を上げる。

「一応、扉前にいた女官と側仕えに声をかけて入りましたよ。……おい、夜。お前が貸してくれって言ったのに、俺に持ってこさせるなんて随分偉くなったな？」

「も、申し訳ありません！」

とはいえ本当に怒っているわけではないらしい第二王子は、ふざけた調子で無礼者と言いながら、夜の頭に本を軽くぶつけた。

「……弟から借りる予定だったのか？」

「はい。貸してくださるというので」

暴挙の反省からか、第二王子はこのところ、夜をよく気にかけてくれる。まるで友人のように心安く付き合ってくれるので、もう怯える気持ちはなくなっていた。

「えーっと、話の続きだけど、お前のいた島が『流刑地』だったっていう記録がある。実際行ってみて、赤髪だらけだったのを踏まえると、ただ罪人を送った、っていうわけじゃなさそうだと思ったんだよな」

「……と、言うと」

「俺たちはずっと、この國で赤い髪が差別の対象だった、というのを知っていたけど、その明確な理由は謎だったし、『島が流刑地だった』っていう事実との関連性はあまり考えてこなかった」

言いながら、第二王子は夜の頭の上に乗せていた本を机の上に置く。

「俺も、兄上の言う『公害説』を推す。赤い色が不吉だと思うような自然的・社会的脅威があって、集団恐慌に陥り、赤髪を島流しにしたんじゃないか。そう考えると、絵本の流れとも繋がる」

「……でもその背景が本当だとしたら、ひどいです」

なにもしていないのに、社会的脅威だという偏見で害されるなんて、ひどい話だ。微かに憤りを露にしながらそう訴えると、王子に「そう思うか」と訊かれた。

「はい、勿論です」

「……そうか」

何故か嬉しそうに頷き、王子は夜の頭を優しく撫でた。

「私も、そう思うよ。今でも、根強く差別意識が残っている。勿論全員が全員、そういうわけではない。けれど、髪の色で人間性を判断するなんてばかばかしいと、私は思うし、皆にもそう思って貰いたいのだ」

その言葉には、弟王子に対するばかりではなく、夜に対する気持ちも含まれていることを、強く感じた。

王子は、知っていたのだ。夜が、王子と触れ合うことを躊躇していることを。身分も、性別も、王子と夜の関係性は、色々と厄介だ。

けれど心の奥に沈んでいるのは、自分が「黒鬼」である、ということなのだと、改めて自覚してしまった。そして王子は、夜よりもそれをわかっていたのだろう。

「殿下はきっと、いい王になりますね」

夜の言葉に、王子の表情が強張る。

「――いや、それは……」

王子が不意に零した告白を、夜は覚えている。

父のようになりたくはないと、けれど自分は彼のようになってしまうのではないかと吐露《とろ》をした。民の意見を聞き入れず、貴族のいいように政を行ってしまうのだと。

王子は憂えた顔をして、首を振る。

「私では、駄目だ。私は王と似すぎている。髪の色も、支持者も。いつか私も同じように……」

「――じゃあ安心だ」

第二王子がけろりと言い、王子は俯いていた顔を上げる。

「なんだかんだ言って、父王の治世は太平です。……それに、王は俺を差別したことは一度もないですよ、兄上」

「それはお前が小さかったから」

「いいえ？　王妃の不貞が噂されたときでさえ、泰然としていたと聞きました。焦っていたのはどちらかというと王妃のほうで、それが却って噂話に拍車をかけたみたいですけど」

「そんな」

「頭が固いところはあるけど、柔軟なところだってちゃんとある方ですよ。だから、兄上も大丈夫です。そっくりですから」

戸惑うように強張った兄の肩を、弟が叩く。

「それに、頑固ですが、言い換えれば一途です」

「……なにを言っているんだ」

何事か言いかけた弟王子の口を塞ぎ、王子は動揺した様子で夜を振り返る。何故急に注目されたのかわからず、夜は目を瞬いた。

王子は顔を伏せ「なんでもない」と絞り出すように呟く。

「まあ、それはおいおい兄上から夜にお話しされるということで。それはともかく、昔から言っていますが、王に相応しいのは俺ではなく兄上です。俺もずっと横で援護いたしますから」

「待ちなさい。それは私たちの意思でどうにか出来るものではない」

第二王子は夜をちらりと見て、それから首を振った。

「いいんですよ。次期王は、王の子供でなきゃいけないなんてことないんですから。王の孫でもいいんだから子供なんて俺がわんさか作ればいいいんです。跡継ぎ問題で二度と兄上が憂えたりすることもないですし」

「わんさか……って、そういう問題ではないし、それはそれで別の問題が出てくるだろう？　やれるやれない、やりたいやりたくない、という当人の意思で決まることではない」

　兄の反論に、弟王子は珍しくむっとした表情になった。

「そっくりそのままお返しします。というか、前々から申し上げようと思っていましたが、兄上が嫌だと言ったところで、順当にいけば兄上が王になります。やりたいとかやりたくないとかではなく、兄上が王になるのが当然の流れでしょう。子供みたいに我《わ》儘《まま》を言わないでください」

　弟にそんな言われ方をされたのが初めてなのか、兄王子は面食らった表情になり、それから弟王子に詰め寄った。

「我が儘ではない。民意を汲む、という話だ」

「じゃあ俺に丸投げせずに、あなたがその努力をすればいい」

「努力でどうにかなる問題ではないと言っているんだ」

　最初は軽い言い合いだったものが、徐々に互いに険を帯びてくる。夜に口を出せる問題ではない。だが、次第に声を荒らげていく二人に挟まれ、おろおろしてしまう。

　勿論ここでどんな結論が出ようと王位継承の話に決着がつくわけではないが、長い間あまり言い合いをしてこなかった兄弟の口論は止まらない。

「俺は、やりたいようにやらせて貰いますよ、兄上。兄上もやりたいようにやればよいのです」

「そんな言い分が通るはずがないだろう。各々がやりたいようにやってはまとまるものもまとまらない」

「建前で話して、顔色をうかがって、我慢していたら話がまとまるっていうんですか？　——今まさに、話を拗《こじ》らせていらっしゃるのに？」

弟の言葉に、王子は椅子を倒すほどの勢いで立ち上がった。夜は息を詰め、倒れた椅子を戻す。兄弟は顔を近付けて睨み合っていた。

王子の身分である二人の仲裁に自分などが入っていいものかわからない。躊躇しながら、夜は恐る恐る二人に近付いた。

「あの、落ち着いてください、お二人とも。こ、拗らせているなんて仰るほどではないですよ、ちょっと興奮なさっているだけで……あの、俺お茶淹《い》れてきますから」

精一杯頑張って話しかけた夜に、二人の顔が向く。思わず竦み上がると、兄王子は形容しがたい表情になり、弟王子は呆れ顔で「俺たちの話じゃねえよ」と息を吐いた。

「……夜は、兄上がご自分の評判を落とすために『恋人』の振りをしてくれって頼まれて引き受けたんだよな？　それは兄上が俺に王位を譲りたいっていうのが根底にあったわけで」

「はい……そうです」

「でも、夜はどう思う。民意として聞かせてくれ。兄上に、王になって、お世継ぎを作って頂きたいと思うのか」

突き付けられて、夜は言葉に詰まる。

迷いなく真っ直ぐに突き進む、弟王子のような人物でも、きっと政は立ちゆくだろう。けれど、慎重な兄王子も、堅実な国を築く。言い換えれば、未だ保守的な國府に弟王子を君主として立てるには、時期尚早にも思えた。柔軟性が追い付かず破綻しそうな気がする。そして、実質的な政の仕方を把握しているのは、兄王子の方だ。

「俺は、兄上に王になって欲しい。自分が『王』になることが面倒だからとかではない。俺は兄上を敬愛しているから」

畳みかける言葉に、俯く。

王になって欲しいと、思っていた。理由は第二王子と同じだ。王子ならば、王になれると思う。夜はこの國に来て、王子に引き取られ、勉強をして、主としての王子のことが好きになった。——けれど。

「……俺の、気持ちは。……兄殿下に、王になって頂きたいと——」

「——夜は、俺が王になって、世継ぎを作ることを望むのか」

強い口調で遮られ、夜は体を震わせる。

王になって欲しい。けれど、世継ぎを作る——夜の知らない女性を抱くのだと思うと、胸が潰れそうなほど苦しく、辛い。

異を唱えることは、夜の立場では、出来ない。

けれど、頷くことも出来なかった。嘘でも、他の誰かと契ってくださいとは言えなかった。

「……そうか。お前の気持ちはわかった」

黙り込んだ夜にそう言って、王子は夜の頬に触れた。反射的に顔を上げたが、王子は既に手を離して顔を背けていた。

「今まで、悪かったな」

王子に背を向けられ、血の気が引いた。指先が震える。

「兄上、どちらに行かれるのです？」

「……今後のことを踏まえて、少し留守にする。後のことは頼んだぞ」

「兄上⁉」

王子は物言いたげな弟を黙殺し、夜を見据える。

「夜」

呼びかけに、夜は声もなく王子を見返した。このところ、見せるようになった辛そうな表情に、胸が痛む。

「……渡すものがある。夕餉《ゆうげ》の後、届けるように言っておくから、部屋で待っていてくれないか」

「は、はい……」

夜の返答を聞いて、王子は部屋を出ていってしまった。第二王子が、その後を追いかけていく。

一人部屋に残された夜は、茫然とそれを見送った。

やがて戻ってきた第二王子に、どうしてあんなことを言ったと責められたが、他に自分がどう答えるべきだったのか、わからなかった。第二王子はいつも、兄と距離を取れとそう言っていたのに。間違ったことを言わなかったはずなのに、誤った方向に事態が転がっているような気もする。

第二王子が憤然と部屋を去り、夜はそのまま一人ぼんやりと過ごした。

彼が結婚するならば、もう王子の部屋にはいられないだろう。城にいることすら、出来なくなる。そうしたら、王子と夜の距離は、信じられないほど遠ざかるのがわかっていた。

「恋人」は用済みになり、夜の存在はただ迷惑となり果てる。

王子と会話が出来ないのは辛かったが、次に顔を合わせたときは最後通牒《さいごつうちょう》を突き付けられるだろうことが想像出来た。

ふと陽が落ちていることに気が付き、食堂に行こうかと思ったが、食欲も湧いてこない。朝になれば王子は戻るだろうか、けれど留守にすると言っていたし、いつ帰ってくるかわからない。せめて第二王子に動向を訊こうかと腰を上げ、扉に目をやる。そこに人影を見つけて、夜は身を強張らせた。

「……あ」

立っていたのは、若い女官だ。薄暗くなってきたとはいえ、いつ入ってきたのか、まったく気が付かなかった。

「あ、ご、ごめんなさい。全然気付かなくて」

ぼんやりとしすぎていたと、夜は恥じる。そういえば、王子がなにか夜に下賜《かし》するものがあると言っていた。夜は女官の傍へと歩み寄る。

「殿下からの……ですよね？」

女官は「ええ」と静かに笑った。

なにを預かったんですか、と問おうとした瞬間、腹になにかがぶつかった。

重い衝撃を覚え、一呼吸の間を置いて「熱い」という感覚がやってくる。気が付いたら床に膝をついていた。

「え……」

思い出したように広がる激痛に蹲《うずくま》る。視界が霞み、呼吸が乱れた。ぼそぼそと、女官がなにか言っているような気がしたけれど、夜の耳には届かない。

やがて、夜を観察するように見下ろしていた女官が部屋を出ていくのがわかった。一人になり、混乱した頭で、夜は王子の顔を思い出した。

――……あなたのために死ねというなら、死にましたよ。

つまりこの状況はそういうことなのだろうと、夜は目を閉じる。

直接命じられれば、死ぬことは厭わなかった。迷惑にならぬよう、身投げでもなんでもした。なのに、どうして他の誰かに託したのだと、それだけを少し恨みに思う。少なくとも、夜に言えば、部屋を汚さずに逝《い》ったのに。

けれどこれで、王子が少しでも満足するのならそれでいいような気もした。

――……俺は、浅ましい人間です。愚かだ。

こんなに辛い思いをするなら、あのときどうして正直に言わなかったのか。傷ついた顔をしている己が情けなく腹立たしい。

――どうせならちゃんと、伝えればよかったなんて……こんなときに後悔するなんて。

結婚しないでください。他の誰かを、夜にしたように愛さないでください。

王子のことが好きでした。愛していました、と。


美しい顔が目の前にあったので、天国に辿り着いたのかと思った。

天使は、王子の顔によく似ているのだなと嬉しくなって笑うと、「夜」と名前を呼ばれた。声まで王子に似ている。ああ――

「――天国はいいところだなあ。……なんて言われた私の気持ちは、きっと夜にはわからないだろうね」

もう何度何度も同じことを言って、寝台の横に置いた椅子に腰かけた王子が、仰々しく息を吐く。

「……申し訳、ありません」

その手に握られているのは、第二王子が見舞いに預けたという果物だ。それを王子が剝いて、口に運んでくれる。

恐れ多いと辞退したら、また先程の話を蒸し返されるので、夜は大人しく口を開いた。そこに、みずみずしい果実が運ばれる。

「まあ、悪いのは夜ではないけれど」

あの日、夜は女官に短剣で腹部を刺された。失血の量が多く、数日間死線を彷徨い、目を覚ましたのは先日のことだ。助かったのは、あの後すぐに王子の本当の遣いが部屋にやってきて、倒れた夜を発見したからだった。

もう少し遅かったら死んでいたと告げられた。

甘酸っぱい果実を食《は》みながら、夜は息を吐く。

犯人は、第二王子の恋人——正確には、「一夜遊んだ」人物だった。夜が第二王子とも関係していると思い込み、凶行に及んだという。

女官の間で、夜と兄王子の関係は公然の秘密であった。けれど、弟王子の夜に対する態度が軟化し、また、兄王子の嫁取りの話が本格化するにつれ、弟王子の言動相俟って口さがない噂が立ち始めた、というのが発端だったようだ。

確かに、兄のところではなく俺のところへ来いと喚いたり、和解後は色々と面倒を見てはくれたが、事実無根である。夜の職場近くで逢引していた、という噂もあったそうだ。

「あの……弟殿下は」

「本人は上手に遊んでいるつもりだったみたいだが、恥ずかしくて顔が見せられないようだよ」

にっこりと笑う王子から、ちょっとした威圧感を覚えて息を飲む。

「……申し訳ありません」

「私が差し向けたと思ったただなんて、本当にひどいと思うんだ」

「申し訳、ありません」

他に言いようもなく、夜は謝罪の言葉を繰り返す。

「状況的にはしょうがないと思うけれどね。けれど、振られたからって恋人を刺し殺そうなんて思わないよ、私は」

ちくちくと責められて、夜は消え入りそうな声でもう一度謝罪した。

そういえば、「渡したいもの」とはなんだったのか。結局あの後も色々ごたついていて、その話は出なかった。

「夜、体調はどうだ？」

問おうと口を開くより早く、王子が言葉を紡ぐ。また機会を逸《いっ》してしまったと思いながらも、夜は頷いた。

「はい、だいぶよくなりました。もう全快したようなもので」

「抜糸するまでは全快とは言えない」

調子に乗った夜を諌めるように、王子が言い含める。しゅんと肩を落とすと、唇を指で撫でられた。

「調子がいいのなら、出掛けないか。……渡したいものと、見せたいものがあるんだ」

夜は瞠目する。王子に誘われるのは、初めてだ。

一も二もなく頷くと、王子の呼んだ女官にあっという間に着替えさせられ、腕を引かれる。

王子に連れられて門を出ると、入り口に馬車が停まっていた。まごついていると、抱き上げられて乗せられる。

馬車は平民がおいそれと乗れるものではないし、夜も乗るのはこの國に来たとき以来だったので、相変わらずそわそわしてしまった。そんな夜を見て、王子が小さく笑う。

「……あの、どこへ」

「ちょっとね」

景色を眺めていると、馬車は街ではなく、城側へと戻っていく。馬車は内郭城門を通過せずに横を抜け、城の敷地を通って奥へと進んだ。

あまり疑問に思ったことはなかったが、城塞は外郭と内郭に分かれており、外郭の奥、つまり城の裏側は、途中で門が立てられていて通り抜け出来ないようになっている。

地図で確認すると、城塞は大陸の突端地域にあり、城の後ろは海食崖となっていて、海が広がっているのだ。

一体なにがあるのだろうか。それから程なくして、馬車は目的地へと到着する。

降ろされた場所は、城の真裏に位置する場所だった。城の主塔の後方に、同程度の高さの塔が建っていた。大きな建造物だが、城下からは見えることのない位置に隠れるように聳《そび》えている。

こんなところに、こんな大きなものが、と圧倒されながら、夜は口を開けて見上げた。王子に顎を撫でられて間抜けな表情をしていることに気が付き、はっとして口を閉じる。

「出入り口は三階部分からになるんだ。行こうか」

「は、はい」

促されるままに塔へ向かい、外階段から中へと入る。中は薄暗く、螺旋《らせん》階段が続いていた。上ろうとすると、王子に強引に横抱きにされる。

「あの！　だ、大丈夫です」

「いいから。人目がないのだから遠慮するものではないよ。傷に障る」

「でも、あの……っ」

王子は夜を無視し、階段を上っていく。その途中説明をしてくれたことには、一階から二階は、現在穀物の貯蔵庫になっていて、塔の途中階は閉架書庫として使われているという。戦中は武器庫として使われたり、それ以前には捕虜が収容されていたこともあるらしい。出入り口が三階にあるのは、昔は外階段がなく梯子《はしご》を使用しており、外部の侵入を防ぐために使っていた名残だぞうだ。

「最上階は、当時は見張り台、今は展望台かな」

「展望台?」

そう、と王子は相槌を打ち、足を止める。

天辺ではなかったが、どうやら目的地に到着したらしい。壁に、扉が付いている。

扉を開くとその向こうには、部屋があった。それなりの調度が揃っているが、玩具や絵本などがあり、少し子供部屋のような雰囲気もある。

そこにいた人物に、夜は目を瞠った。

「遅いですよ、兄上、夜」

このところ夜の前に姿を見せなかった第二王子がいた。

夜に対する悔恨もあったのだろうが、恐らく兄王子の不興を買ったことで落ち込んでいたのだろう。それで、夜に付きっきりの王子がいる部屋に来られなかったのだろうと、夜は推測している。

どうやら彼をここへ誘ったのは兄王子のようで、弟王子はすっかりとご機嫌の様子だ。

「夜、見てごらん」

王子は窓辺に歩み寄り、夜を下ろす。

「うわ……あ」

視界に飛び込んできた景色に、夜は思わず息を飲んだ。

どこまでも、一面に広がる海だ。

空よりも深い青が、太陽光を反射させている。

村にいた頃、夜は海岸沿いに住んでいた。海は見慣れていると思っていたはずなのに、村とも繋がっている同じ海のはずなのに、まったく違うもののように思える。水平線を眺めながら、夜は身を乗り出した。

こちらに来てからも海水浴場に行ったことはあったが、また雰囲気が違う。

「どうだ？　陸で見るよりも、凄いだろう？」

少し自慢げに問う王子に、夜は懸命に頷く。あまりに圧倒されて、声が出ない。

一方で、既に見飽きているのか、第二王子は退屈そうに欠伸を噛み殺した。

「兄上は海が好きだから、小さい頃からここが好きなんですよね」

言われて、子供の玩具や本などがあるのは、そのせいなのかと気が付いた。

「それだけではないよ」

くすりと笑い、王子は西側の窓も開けた。

一瞬強く吹いた風に、夜は瞑目《めいもく》する。

そっと目を開け、そちらの窓から顔を出すと、城下町の一端を望むことが出来た。

海とは趣が違うが、こちらも美しい。人が随分と小さく見えることに感動し、夜はもっと見たいと窓から身を乗り出した。それを慌てて止めた王子の胸に抱き寄せられる。

「夜！　危ないだろう！」

「も、申し訳ありません……！」

その様子を見て、第二王子は「子供か」と呆れた顔をして嘆息した。まったくその通りだったので、夜は熱くなった頰を押さえた。後で屋上にも連れていってやるからと窘められて、小さくなる。

「あの、殿下」

「ここから見下ろすと、民が元気なのか、そうでないのか、よく見える。彼らの顔が笑っていると、嬉しくなるんだ。――高い場所から見下ろすと、広く、遠くまで見えるだろう？　――それは、地位でも同じことなのだと、思う」

見える位置にいるのだから、見えていなければならない。民の考えがわからないとおかしいのだと、王子は言った。

それは「王子」という立場ではなく、「君主」としての心のように聞こえる。

「兄上……？」

戸惑った様子で呼ぶ弟に、王子は返事をしなかった。夜も、その言葉の意味を図りかね、王子の顔をうかがう。

「ああ、そうだ」

二人から疑問の視線を投げられていることに気が付いているであろうはずの王子は、夜を抱いていた腕を解く。

「夜に見せたいものがあって、来たんだ。用意しておいてくれたのだろう?」

「は、はい。兄上」

第二王子ははっと姿勢を正し、夜に筒状のもの手渡してくる。

文献で見たことのある、「遠眼鏡」だ。実際に見るのは初めてで、とても高価だといわれるそれを持てあまし、夜は途方に暮れて王子を見上げる。

「それを覗き込んで、あちらの方向を見てごらん」

言われるままに小さな口径のレンズを覗き込んでみる。指し示されたのは、北西の方角だ。

「太陽を見てはいけないよ。……そう、そっちだ」

一体、その先になにがあるのかと問いかけた瞬間、夜は息を飲んだ。

遠くから見たのは一度だけ、今は半分ぼやけているが、見間違えようがない。そこは、己が生まれ育った場所だった。

無意識に、吐息が零れた。嬉しいのか、悲しいのか、懐かしいのか、自分でもよくわからない。感情が綯い交ぜになって押し寄せてきて、胸が詰まった。

第二王子に焼き払われた村がどうなったのか、知る術などないと思っていたが、鬼門と呼ばれる、夜が住んでいたところは、以前と変わらないように見えた。ただ、「黒鬼」の家はもうなかったが。

村に対する未練など、ないと思っていた。

この國よりも生活水準は低く、ここでは当たり前に夜に与えられる人権が、あの場所にはない。もし戻ることがあれば、夜は脱走した罪と、晴らせなかった冤罪《えんざい》、そして島に不幸を齎した咎で、死罪となるだろう。

それなのに、ひどく懐かしく思えた。

肉親などとうにおらず、夜を受け入れてくれる人は誰もいない。それでも祖母と暮らした思い出だけが、ただ懐かしい。寂しいのに、温かい気持ちになって、夜は泣きそうになる。

「殿下」

遠眼鏡から顔を外して、その横顔をうかがう。

「どうした?」

「殿下は、魔法使いみたいです」

夜の言葉に、王子は意外そうな顔をした。

望んでも手に入れられない。そう思っていたものを、すぐにこうして夜の手に落としてくれる。きっと、島のことが懐かしいと、以前そう言ったのを覚えていてくれたのだ。

「有り難うございます。すごく嬉しいです」

夜は少し泣きそうになりながら、もう一度望遠鏡を覗き込んだ。

「……え……」

夜の家のあった場所に、誰かがやってくるのが見えた。明瞭にその姿が見えるわけではないけれど、それは村長の息子のようだった。

島を出るとき、夜の家は燃やされ、崩されていた。改めて気が付いたが、その残骸がない。代わりに、花のようなものと箱が置いてあった。

村長の息子は、手に握っていた花の束をそこに置き、じっと見下ろしている。

きっと、夜があの村へ戻る可能性は低いとわかっている。もしかしたら、死んだと思われているかもしれない。

それでも彼は、夜のいた場所を残そうとしてくれていたのだ。

いつでも優しかったわけではない。けれど、あの村で、血縁以外で接してくれたのは彼だけだった。友達と呼んでいいのは、恐らく彼だけだったのだ。

「どうした？　なにかあったのか」

固まったまま身動ぎもしない夜を訝《いぶか》って、王子が声をかけてくれる。

はっとして、夜は首を振った。

「あの、……」

初めて涙が零れて、二人の王子がぎょっとする。兄王子は夜を抱きしめ、弟王子は遠眼鏡を夜の手から奪い、覗き込んだ。そして、息を吐く。

「ああ、お前を連れ去るときに一番騒いでいた男か」

記憶を手繰《たぐ》り、第二王子がうっそりと笑った。そういえば、一人好戦的な彼を、第二王子はわくわくとしながら叩きのめしていたような記憶がある。

「……なんだ？　花、か？　あれがどうした？」

「俺の住んでいた場所なんです。あそこ」

彼は彼なりに、いつも夜のことを気遣ってくれていたのだと、思う。今も人目を憚《はばか》ってはいるだろうが、夜のために動いてくれているのだ。

「……ああ。以前から片付けをしている男がいる、と聞いたな。箱の中には、燃えた家の中からなにか集めて入れていた、と聞いたが」

王子はここに見張り番を立て、報告させていたらしい。

確信は持てないが、村長の息子は、形の残っているものを集めてくれたのかもしれない。そこに、夜が大事にしていた宝物はあるだろうか。

「お礼が、言いたいな……」

夜が村を去るときも、彼だけが夜を心配し、引き留めようとしてくれていた。

夜の濡れた目尻を拭い、王子は眉を顰める。

「そんなに会いたいのか？　泣くほど？」

「無理だとは思いますが、叶うのなら」

もしも会えたら、元気にやっていると伝えたい。そして、小さい頃から見ていてくれて有り難うと感謝したかった。

柔らかな気持ちになりながら王子を見て、その表情に夜は目を見開く。

無表情なのに、いつも穏やかな色を湛える瞳が冷たい。

「そんなにあの男と会いたいというのなら……もう一度行って、あいつの首をとってきてやろうか？」

「え……」

「どうした。大好きなお友達と一緒にいたいんだろう」

一体、自分の言葉のなにが彼を怒らせてしまったのか。気に障るようなことをした覚えはないが、自分が会いたいと言ったせいで友人の命を奪ってしまうことになるとは思いもよらなかった。

普段は優しすぎるくらい優しい王子が、どうしてそんなことを言うのかもわからない。

「お、お願いです、やめてください。そんな恐ろしいこと……っ」

言葉が詰まり、もどかしさに首を振る。

「何故だ？　会いたいと言ったではないか。私の傍より、彼の傍にいたいのだろう」

けれど、王子は言葉を撤回してくれない。

ぼろぼろと零れる涙を掬って、王子は複雑な表情をした。

「どうして、そんな……ひどいことを仰らないでください……！」

「……兄上、あんまり意地悪を言うのはやめてやったらいかがですか」

嘆息交じりに言い、第二王子が夜の頭を叩く。

「お前も真に受けるな。冗談に決まってるだろう。渡航費だけでどれくらいすると思っている。大体、あそこはまだ立ち入り禁止だ」

一人の男の首を取るためだけにだなんて、大赤字もいいところだと第二王子は肩を竦める。

「冗談、なんですか」

「まあ、まんざら冗談でもないんでしょうけど。ねえ、兄上？」

やっぱり本気なのかと不安になると、王子はばつが悪そうに頭を掻いた。

やれるものならやりたいけどな、と物騒なことを言う。

けれど、実現することではないのだと知って夜はほっと息を吐いた。王子は普段冗談を言うような人柄ではないので、こういうのは心臓に悪い。しかし真に受けてしまった自分も相当恥ずかしい。

「揶揄ったんですね」

ひどいですと頬を膨らませると、王子は曖昧に笑って夜の頬を撫でた。

「気晴らしをさせてやるつもりだったのに、つまらないことで泣かせてしまったな」

「とんでもないです、そんな」

「私も、兄上がそういう嫉妬《しっと》のしかたをするとは思いませんでしたよ。まあ、喜ばせようと思って色々画策していたのに、他の男を恋うて泣かれるなんて、お察し申し上げますが」

弟王子の科白に、嫉妬？　と首を傾げて夜は王子を見やる。

余計なことを言うなと弟を叱責し、王子は頬を紅潮させた。

「嫉妬って……」

「……好きな相手が、他の男に気を向けるのを喜ぶ男がどこにいる」

「好きって」

誰が、誰を。

そう問いかけた夜を睨み、王子は観念したように息を吐く。

「遊学だと言って、王を口説き落とすのに二日だ」

「なにが、ですか？」

「かつて流刑地であったあの島に、価値はさほど期待していなかった。それなのに多額の費用をかけてわざわざ出向く理由をこじつけて、納得して頂くまで、だ。——ここから、お前の家が燃えているのを見て、船を出したんだ」

「……見て？」

それは一体どういうことなのか。

状況が飲み込めずにいる夜に、王子は気まずげな顔をする。言葉を継いだのは、第二王子のほうだった。

「ここは、限られた者しか入れない。今は見張りを立ててはいるが、つまり、ここからあの島を見ることの出来る者は殆どいない。……で、ここは小さい頃、俺や兄上、血縁貴族、友人たちの遊び場でもあった」

望遠鏡を貰って、島がより近くに見えるようになった。

いつからか、無人島だと思っていたところに家が建った。漂流者か、それとも原住民か、と少年たちは夢物語も交えて議論し合った。長じるにつれて、文献を読み、島と國との関係も学び、さまざまな予想が立てられた。向こうに届くといいなと、食べ物や玩具、手紙を絶壁から海に投げたこともある。

望遠鏡も、年々精度が上がっていく。やがて、小さな子供がいることに気が付いた。そして、彼が一人になったのも知った。

そしてある日、その子の住む家が燃やされるのを、王子は目にしたのだ。

「で、俺にも『遊学』の話を持ちかけてきたんですよね。兄上が珍しくしたいということなので、王も簡単に許可をくださいましたし」

「簡単といっても時間はかかったがな」

「そこから乗組員とか集めるのも結構かかっちゃいましたしね。でも幼馴染みが皆、話に乗ってくれたから助かりましたけど」

最近体も鈍ってたし、と第二王子は肩を回す。思う存分暴れていいと言われて、二つ返事で引き受けたのだと彼は言った。

「好きになってしまった相手だ。手に入れるためなら多少高くついても構わないと思ったんだ。……強引だったのは謝るが」

「……好き？　王子が、俺を……？」

とても信じられずに言うと、王子は嘆息した。第二王子が横から「伝わってませんね」と揶揄う。

「……だ、だって、いつから」

「どこから線引きをすればいいのか……まだお前が、あちらにいたときから、気にはなっていたよ」

気まずげに言う王子に、夜は目を瞬く。

「でも……顔とかもはっきり、見えませんよね？」

「……子供でも、あまり飛んだり跳ねたりするほうではないようだし、いつも大人しげな子が、一人で、時折しくしくと泣き始めたのには、参った。気にかかるのに、充分だったよ」

「……っ！」

見られていた。誰の目に映ることもないからと油断していたからこそ泣いていたのに、こんな遠い場所から見られていたなんて。

泣き顔など、褥《しとね》で何度も見られている。けれどそれよりもずっと羞恥心を煽られて、夜は顔を赤くした。

「守ってあげたい、慰めてあげたいと思った。多分、私はその頃から、夜のことをそういう意味で気にかけていたのだと思う」

こほん、と咳払いをして、王子は窓際にある文机《ふづくえ》から、布袋を手に取った。それを、夜に渡す。

「これは……？」

これが件の「渡したいもの」だろうかと、夜は布袋の紐を緩めて中を覗く。そこには、磨かれた石と、ぼろぼろになった紙片、割れた玻璃の破片が入っていた。夜はそれらを見つめ、目を瞠る。

「お前に、渡そうと思っていたものだ」

夜が、ずっと大事にしていた宝物だ。

あのとき、住んでいた家と共に壊されてしまったのだと思っていた。それが手元にあることに理解が追い付かず、夜は言葉が出ない。

「そんな、これ、どうして」

「島を出るとき、積み荷と共に残骸を拾ってきて貰ったんだ。……ただ、あちらから持ってきたものは点検や検疫をしなければならない。記帳を待っていたら、遅くなった。すまない」

失くしてしまったはずのものが戻ってきただけで充分なのにと、夜は頭を振る。

久しぶりに手元に戻ってきたそれを、震える手で取り出した。紙片を手に取り、中を検める。

夜に届いたときから海水で滲んでいた文字は、経年による劣化と、火事による損傷で、殆ど読めなくなっていた。

——……あ、でも……。

以前はなんと書いてあるのかもわからなかったそれは、やはりこちらの文字だったようだ。今の夜には、読むことが出来る。子供らしい、だが綺麗な文字だ。

「ん……『……を、教えて』？　かな。『僕は、君に』――」

「――『名前を教えて』。『僕は、君に会ってみたい』」

言葉を繋いだのは、王子だった。思わず顔を上げる。夜より先にこの内容を読んでいたのかと思ったが、彼は非常に気まずそうな顔をした。

「もう読めないが、他にはこう書いてあった。『いつか会って話がしたい。僕は君と友達になりたい』」

「そうなのですか……？」

だがもう、その紙からは他の文言は読み取れなかった。今手元に渡るまでに、更に劣化したのかと思うと、少し残念だった。

「ああ。……それを書いたのは、私だからな」

「ああなるほど……。……えっ⁉」

え？　と繰り返しながら、夜は紙片と王子を交互に見やる。王子は微かに目元を染めて、髪を耳にかけた。

「子供の頃、瓶に入れて岬《みさき》から投げたんだ。馬鹿な真似をしたとは思うが……届いているとは思わなかった」

「え……ええ……っ⁉」

「笑うだなんて、とんでもないことだ。驚いて、言葉が出てこない。

……初恋なんだ」

「で、では殿下は……本当に俺のことを、好いていていてくださっているんですか？」

問いに、王子は何度言わせるつもりだと肩を落とす。

「伊達《だて》や酔狂《すいきょう》でもあるまいに、好きでない相手を毎晩抱くわけがないだろう」

やはり、聞き間違いではない。

好きだと、生まれて初めて言って貰えた。それも、自分とは違う、これほど美しい人に。

ずっと一人だと思っていたのに、見ていてくれる人がいた。

王子が気にかけてくれていたという事実が、嬉しい。

夜が泣き出したのをどう解釈したか、王子はおろおろと夜の顔を覗き込んだ。

「……覗きのような真似をして、すまない。……幻滅させたか？」

王子が躊躇いがちに言うのに、夜は首を振る。

「だ、だって……怒らせてしまったのだと……もう、俺を手放されるのだと思って」

王になって欲しいと言ったから、結婚してしまうのだと思った。

家を空けて、結婚準備をしているに違いないと。涙を零す夜を、王子はそっと抱き締めてくれた。唐突な抱擁に、夜は喉を震わせる。

「――子供をわんさか作ると、言ったな？」

「えっ⁉　ああ、俺ですか。はい」

蚊帳《かや》の外にはじき出され、身の置き所がなくなっていた弟王子は、兄から急に話を振られて首肯した。王子は「頼んだぞ」といたずらっぽく笑う。

「父上と、話をした。これからのことを」

王子の言葉に、夜も、第二王子も息を飲む。

「もっとも、本来はこちらがどう言おうと逆らえるものではないが……ただ、条件としてひとつ、父にお願いというか、宣言もした。私は、女性と結婚して跡継ぎを作る気はない、と。――夜」

「……はい」

微かに身を離し、王子が顔を見せてくれる。相変わらず美しい顔に、夜は見惚れた。

「そうは言っても、完全に諦めたわけではないとも思う。いずれは妃を、という話にもなるだろう。いつかきっと、迷惑をかける。……でも、私はお前と二人で、生きてゆきたい。だから、私と一緒にいてくれないか」

色々と、考えることはある。自分なんて選んではいけないとも思う。けれど、真っ直ぐ見つめられて、告白をされて、正直な気持ちが口をついて出た。

「はい……俺も、あなたと共に生きたいです」

「有り難う」

すまない、と謝罪して、王子は夜を両腕で抱きしめてくれた。

零れる涙を払うように、夜は首を振る。抱かれるのも、その体に腕を回すことにも、いつも罪悪感を覚えていた。同じ気持ちを王子が返してくれないことも、辛かった。

けれど、わかっていないのは、王子を知ろうとしてくれなかったのは、他でもない夜自身だった。

あの日、夜を連れ出してくれたときから、彼はずっと、夜を見ていてくれたのだ。

王子の腕の中にいてよいのだと、自分はここに存在していいのだと、そう思える。王子の手が頬を撫ぜ、夜の顔を上げさせた。瞼を閉じようとして、第二王子の咳払いで阻まれる。

じろりと睨み付けられて、夜は思わず一歩引いてしまった。

「……知ってますけどね、そういうのは俺のいないところでやってください」

やってられるか、と第二王子がぼやくのに、王子と夜は顔を見合わせて笑った。

幸ひ人

このところ、夜《よる》と休日が重なった日には、塔の部屋で過ごすことが増えた。

夜を、故郷へ帰してやることは出来ない。帰れない場所をただ見せつけるということは却って酷な仕打ちにも思えたが、夜は無邪気に懐かしみ、嬉しそうにしてくれるので安堵する。だからせめて、時間の許す限りこの場所に連れてきてやろうと思っていた。

自分としては、この場所は夜との「出会い」の場所でもあるので好ましい。それに、自室よりもずっと狭いので、夜との距離が近づく。

頻繁に抱いているのに、まだそんな、初心《うぶ》な恋心を持ち合わせている自身に苦笑してしまう。

窓辺に座る恋人をちらと見やった。

夜は机で書き物をしながら、時折窓の外を眺めていた。そんな夜の姿を素描する。帳面には夜の姿がいくつも描かれていた。それが己の独占欲の表れであることは自覚している。一度失いかけ、ますます愛しさが募った恋人の姿を余すところなく捉え、愛《め》でようと注視していると、不意に、夜の表情が曇った。

何事かと手を止める。それと同時に、夜が顔を上げた。そして、恥ずかしそうに、手元の紙で顔を半分覆い隠す。

「夜？」

「……あの、そんなに見られると、恥ずかしいです」

顔に穴が開いてしまいます、と消え入りそうな声で言われ、胸が締め付けられるのを感じた。

子供の頃から、あまり心情が顔に出る性格ではなかったが、今の自分はだいぶ表情が緩んでいるに違いない。なにせ、生まれて初めての「我が儘」で手に入れた、宝物だ。

恥ずかしがる恋人も大変に愛らしいと、一人で悦に入る。黙り込んだままになったので、夜が怪訝そうにこちらをうかがってきた。

「あの、殿下？」

「……ああ、いや。仕方がないだろう、絵を描いているからね」

「俺なんて描いても、面白くないと思います」

照れだけではなく、本気で思っているようで、今度は申し訳なさそうな顔をした。

夜は、極めて控えめな性格をしている。卑屈というより、極度に自己評価が低い。それは彼の育った環境に大きな要因がある。

人には、幸せになる権利があるのだという当然のことを、彼は知らずに育った。

こちらでの知識や一般常識を学び、彼が幼少の頃から受けてきた差別について、異常なことである、と考えを改めてはきたようだが、やはり一朝一夕《いっちょういっせき》で根本から変えるというのは難しい。

それでも自分は彼の心や容姿、その全てを愛しいと思う。

「……殿下？」

無意識に、掌が夜の頰に触れていた。夜は、大きな瞳をぱちぱちと瞬かせている。顔を近づけると、少し戸惑いを見せながらも目を閉じた。何度触れても、彼は初々《ういうい》しい反応を見せる。

触れるだけの口づけをして、離れた。

夜が少し物足りなさそうな顔をするので、押し倒したい欲求に駆られる。けれど昨晩、だいぶ泣かせてしまったので、自重した。

小さな頃から、自身の欲求について、あまり頓着しないほうだった。弟は対照的に良くも悪くも素直で、その天真爛漫《てんしんらんまん》さを羨《うらや》ましいと思うことはあったが、それだけだ。自己主張をしようとか、我が儘を言おうとか、そういう感情が希薄だった。聞き分けがいいというよりは、諦観に似ていたのだと今は思う。

一国の王子として、父が王として立ってからは太子として、いずれは王として、相応しくなるべく生き、そして朽ちていかねばならないと思っていた。

夜は、そんな己が初めて欲しいと願った相手だった。

長じるにつれて現実と理想の乖離はひどくなり、人知れず悩むことも増えた。そんなとき、夜を見るともう少し頑張ろうと思えたものだ。

柔らかな布張りの長椅子に腰を下ろし、夜に向かって手を差し伸べる。夜は頬を染め、逡巡しながらもこちらへと寄ってくる。隣に座ろうとしたので、無理矢理膝の上に乗せた。

「……殿下、いけません」

もう、と言いながらも、夜は大人しく腕の中に納まってくれている。耳元に口づけると、擽ったそうに首を竦めた。

夜からは、香水をつけているわけでもないのに甘い香りがする。ふわりと漂うそれは心地よく、けれど褥《しとね》では花開くように濃く香り、理性を焦がすのだ。甘い香りを吸い込みながら、耳殻《じかく》に軽く歯を立てる。

身を震わせながら、夜は「駄目ですっ」と子供を叱るような口調で拒んだ。その物言いが可愛らしくて、つい笑ってしまうと、揶揄われたのだと不満げに、恥ずかしそうにする。

「ここには私とお前しかいないんだから、これくらい構わないだろう?」

「でも」

「……それと、二人きりなのだから『殿下』はやめないか?」

囁きに、夜は頬を染めた。照れたような、泣きそうなような、怒っているような、複雑な表情に思わず苦笑する。

昨晩、名前で呼べと言ったらひどく拒まれた。呼べ、駄目です、とやりあって互いに意地になってしまい、結果夜をいじめて泣かせてしまったのだ。

常々、夜にはあまり畏まって欲しくない、と思っている。作法として学ばせるのは吝《やぶさ》かではないが、自身に対して使われるのは抵抗があった。以前、職場で覚えてきたらしく、部屋に入るなり叩頭されて、やめろと強い語調で言ってしまったことがある。

言葉遣いに関しては、もともとの使用言語に違いがあり、未だ覚束《おぼつか》ない面もあった。中途半端に似ている分だけ、なかなか覚えにくいようだ。

丁寧語以上の敬度では話して欲しくないが、いくら王子自身が許していても、夜が周囲に不調法だと思われるのも芳しくない。

恋人には親しい態度でいて欲しい、と願うことそのものが、己の立場では難しいのだろう。だから二人きりのときだけ、と申し出てみたのだが、気安くすることにひどく抵抗感があるようだ。夜が泣きながら拒むもので、結局こちらが折れるしかなかった。昨晩一度引いたのに、また蒸し返せば、夜は俯く。

「……わかった。もう言わないから、そんな顔をしないでくれ」

その言葉に夜は顔を上げ、安堵の表情を浮かべる。少々寂しく思いながらも、いずれは、と野望を抱きつつ、花弁のような唇を啄《ついば》んだ。

——けれど、こんな他愛のないやりとりすらも楽しく思っていると言ったら、夜はやはり怒るだろうか。

困らせたり、困らせられたりするのが、愛しくて楽しい。そう言ったら、夜はどんな顔をするだろうか。

「ん、……っ、あのっ」

応えてくれることに調子に乗って口づけを深めると、夜に胸を押し返される。名残惜しかったが、顔を離した。

「あの、ええと……殿下の絵、見せて頂いてもいいですか？」

誤魔化すような問いに、夜の顔をじっと見下ろす。夜は嫌がっているわけではなく、照れているのだ。これ以上その気になるのもまずいので、王子は大人しく引いた。

「ああ、いいよ」

帳面を手に取って、開いてみせる。腕の中の夜が、「わあ」と感嘆の声を上げた。

「凄い！　お上手ですね！」

「そうかな。ありがとう」

褒められると満更でもなく、頬が緩む。夜は紙の表面を恐る恐る撫で、息を吐いた。

「本物みたいです……！」

「ありがとう。でも、夜もなかなかのものだよ」

彼は今、仕事の一環で薬草の事典のようなものを作っている。以前それを見せて貰ったが、本物そっくりの挿画は夜が描いたものだと聞いていた。

けれど夜は、とんでもないと首を振る。

「植物ならなんとか似せられますけど、それ以外はさっぱりです。でも殿下の描かれた絵は、どれも実物のようで」

「子供の頃、王子じゃなかったら画家になりたかったんだ」

絵を描くのが好きで、そんな夢を見ていたこともある。幼少の頃、ごっこ遊びで、周囲が海賊や騎士、魔法使いを名乗る中、一人「宮廷画家」役を取った。そうすると決まって、騎士役をやろうとしていた弟が「じゃあ俺は吟遊詩人になります」と言って寄り添うのが定番だったのだ。

他の子供たちは、それで物語を成立させなければならないので、大層困っただろう。

思い出したら少し笑ってしまい、夜が怪訝そうに振り返る。なんでもないよと言って、誤魔化した。

ぱらぱらと捲《めく》っていた夜の手が、どんどん速度を落としていく。膝の上に乗る彼の痩躯《そうく》が、居心地悪そうに身動ぎした。

「あの……」

「ん？」

「……なんだか、俺の絵が多いような……気がするのですが」

「そうだね。私は、夜を描くのが一番楽しいから」

当然だろうと肯定すると、夜が黙り込んだ。膝の上に乗せているので顔は見えないが、首や耳がみるみる内に真っ赤に染まり始める。揶揄うようにその耳朶《じだ》に触れると、夜は小さく身を震わせた。

「……夜は私に、絵にされるのは嫌かな？」

低く囁きかける。夜の体が強張った気がした。そして、首が横に振られる。

「描いて頂けるなんて光栄ですし、ちょっと恥ずかしいですけど、嬉しいです。……でも、あの」

「うん？」

「……一人なのが、少し、寂しいです」

意外な言葉が返ってきて、思わず目を丸くした。

「殿下ご自身が絵を描いていらっしゃるので当たり前なんですけど、でも、殿下が横にいないのが」

寂しいです、と消え入りそうな声で呟いて、夜が帳面を抱きしめる。

ずん、と突き上げてくるような愛しさに、夜を押し倒しそうになったが、すんでのところで堪えた。平常心、と心中で繰り返しながら咳払いをひとつして、夜の髪を撫でる。

「では、描いてみようかな。ちょっとだけ。似なかったらすまないが」

適当な頁を開き、簡単に鉛筆を走らせる。夜を描くときよりも大分適当だったが、夜は「うわぁ」と可愛らしく驚いてくれた。

「凄い……あっという間に、殿下のお顔が」

夜は歓声を上げながら、絵と実物を交互に見比べる。

夜の絵の隣に、自分の姿を描くと、なんだか邪魔なような、けれどしっくりくるような、不思議な感じがした。

自画像など描いても面白くないので、適当に切り上げる。わあ、わあ、と声を上げて喜ばれるのが面映《おもは》ゆく、隠すように無理矢理帳面を閉じた。

「はい、おしまい。ところで、夜もなにか書いていただろう。あれは?」

「あ……」

夜は先程まではしゃいでいたのに、急に緊張を見せる。

「夜？」

「……手紙を、書いていたんです」

手紙？　と復唱すると、夜が首肯した。そして、手に持っていた紙を開いて見せる。

そこに並んでいた文字のようなものに、王子は首を傾げた。一瞬なんと読むのか考え、そして
これが夜の育った土地で使われていた文字なのだと思い至る。

こちらのものと似たような文字もあるのだが、読めそうで読めない、不思議な文字だ。

内容は勿論だが、一体誰に、なんのために。

そう問いかけ、口を噤む。十中八九、宛てる相手はあの幼馴染みの男だろう。あの島の識字率は高くないというが、ある程度の上層の人間は文字が読めると夜から聞いていた。

――面白くない。……けれど。

大変面白くはないが、以前その男のことについて夜を泣かせてしまったので、同じ轍《てつ》は踏まないと、どうにか腹の奥に滲んだ不快感を落ち着かせる。

「しかし、手紙など、出せないだろう？」

あの島については、まだ正式に処遇が決まっていない。領土として飲み込むか、現状のまま放置するか。いずれはなんらかの手続きが取られるだろうが、全てにおいて保留となっている。

現状ではまだ正式な渡航は許可されておらず、勿論、手紙などを届けるのも不可能だ。弟が現地調査を目的として再度渡航の許可を申請しているが、島に深入りすることは、國の過去の過ちを掘り返すことに繋がる可能性が濃厚になったため議会の反応は渋く、次がいつ頃になるかもわからない。

それに、手紙を託したところで渡すかどうか、相手が受け取るかどうかも怪しい。それは夜もわかっているのだろう、力なく笑った。

「馬鹿みたいですよね。送る予定もない、送ることの出来ないものを書くなんて。……でも、もしかしたらこうして思っていれば、心が届くんじゃないかって」

いじましい言葉だと思う一方で、胸に湧く紛れもない嫉妬の感情に、恥じ入った。つくづく、顔に出なくてよかったと思う。

夜の心が全部自分に向いていないと嫌だなんて、子供じみた身勝手な考えだ。

「出来ることなら、伝えたいんです。……俺は生きてるよ、元気だよって。今までありがとう、って」

望遠鏡を覗けば、夜の住んでいた場所を見ることは出来る。

相変わらず人の姿は見られない。けれど時折、あの島の長の息子だという夜の幼馴染みが現れる。男は、かつて夜の家があった場所へ、花などを持ってくるのだ。そして、海岸でなにか探すような素振りを見せるのが常だった。表情ははっきりと確認出来ないし、声が聞こえるわけでもない。けれど彼が、夜の身を案じているのだということだけは、わかった。

それは夜も同じだろう。

行かせてやりたいけれど、まだ、あの島へ行くことは難しい。どうしたものかと思案し、ふと視界の端に、子供時代に遊んだ木馬の玩具が映る。

「夜、いちかばちか、やってみるか？」

「はい？」

唐突な提案に、夜はきょとんと目を丸くした。


岬に立ち、夜が瓶をぎゅっと握りしめる。城の厨房から調達してきた密閉性の高い瓶の中には、夜が書いた手紙が入っていた。

子供の頃流した手紙は、夜の元へと辿り着いた。

けれど、瓶が波に乗り、あの岸へ着く確率はどれほどのものだろう。決して可能性が高くないことは承知している。ただの気休めのようなものでしかない。途中で割れるかもしれないし、こちら側に戻ってきてしまうかもしれない。それでもいいと、夜は微笑む。

「……でも、可能性がないわけではないですから。今出来る精一杯がこれなら、賭けてみたいんです」

そしていずれは、会いに行きたいと。

祈りを込めるように瓶を持つ夜に、胸がちりりちりりと焼ける。

どうか彼の元へと届きますようにと、自分ではない他の男を思う横顔が美しくて、自然と眉を寄せてしまう。自ら言い出したことであったのにと、強張りを解くように眉間を擦る。

「じゃあ、投げますね」

「……ちょっと待ちなさい」

突然引き留められて、夜は戸惑いの表情を浮かべる。

懐に入れていた紙片を、夜へと差し出した。中を開いて確認した夜の表情が、驚きへと変わる。

「これも、一緒に。……筆跡だけでもわかるかもしれないが、絵があったほうが安心するだろう」

提案に、夜は一瞬呆けた顔をして、そしてすぐさま花の綻ぶような笑顔を見せた。

「はい……ありがとうございます、殿下」

それを畳んで、手紙と一緒に封入し、届きますようにと、夜が祈りながら瓶を海へと投げ入れる。

瓶の中に入れられた紙には、自分と二人並んだ絵が描かれていた。

無邪気に喜ぶ夜に、少々良心が咎める。夜はこちらの庇護下にあると、決してひどい扱いはしていないのだと伝わればいい、という気持ちもあるが、対抗意識を抱いた事実も否めない。

夜にあの男を恋う気持ちはないのに、己のしたことは牽制以外のなにものでもないと、自己嫌悪に陥る。

己はなんと狭量な男だろうと、情けない気持ちになりながら、手放す気のない恋人の体を抱きしめた。

はじめまして、こんにちは。栗城偲《くりきしのぶ》と申します。この度は『鬼《おに》の棲処《すみか》』をお手に取って頂きまして有り難うございました。

表題作の「鬼の棲処」は、二〇一〇年に他社の雑誌に掲載されたものです。もう六年も前の原稿で、あまり手を入れてもいけないなと思いつつ、他人の原稿を見ているようで向き合うのに非常に苦心しましたが、少しでも楽しんで頂ければ幸いです。

雑誌では各号ごとテーマが決められていて、このときは「お伽噺」でした。ということで、多くのお伽噺に倣って主人公（夜《よる》）以外の名前が出て来ません（実際はあります）。これは、視点である夜が無意識的に他者の名前を意識していない表れでもあったりします。

そして世界観はというと、記憶の中の、子供の頃絵本を読みながらぼんやり思い描いていた「日本ではないどこか遠い国の昔」をイメージしていました。完全に架空の世界です。ですので、この人たちの遺伝子どうなってんのとか、そういうのは考えずさらりと読んで頂ければ幸いです（笑）。

因みにモチーフは「桃太郎《ももたろう》」でした。この話における「桃太郎」は、主役でもなんでもない弟王子です。兄王子はなんでしょう……雉《きじ》かな……？

あとがき

プロットを掘り起こしたら、弟王子が攻めのパターンもあって、鬼畜攻めにしようとしていた片鱗がありました。でも挫折していました（オチが適当にはしょってあった）。確か、「夜があまりに不憫」という理由で没を食らった覚えがあります。

鬼畜攻めは現在に至るまで書いたことがないのですが、この兄王子も私の書く攻めにしては割かし珍しいタイプだと思います。普段あまり我が儘や冗談を言う性格ではなく、周囲に安心と信頼の実績を作っておいて、十年二十年周期で思い出したようにやらかすタイプです。なんかこう書くと途端に情緒がない……。

イラストはコウキ。先生に描いて頂くことが出来ました。

夜はたいへん可愛らしく、王子は溜息が出るくらい美しくして頂いて、感激です……。あと第二王子も物凄く正統派な美男子で素敵なのです。

表紙のラフも沢山頂いてしまって、どれも可愛い、選べない！　と悶絶しながら選びました。色味もどれも素敵で、きらきらした宝石みたいでした。そのラフの隅っこに、ちみっこいぷにぷにした王子と夜が描かれていて、転がしたいくらい可愛らしかったです。皆様にお見せ出来ないのが本当に残念です……。

コウキ。先生、お忙しいところ本当に有り難うございました！

最後になりましたが、この本をお手に取って頂いた皆様に、心より御礼申し上げます。有り難うございました。感想など、頂けましたら幸いです。

またどこかでお目にかかれたら嬉しいです。

栗城 偲

Blog：http://sssskkkk.blog82.fc2.com/
twitter：shinobu_krk

CROSS NOVELSをお買い上げいただき
ありがとうございます。
この本を読んだご意見・ご感想をお寄せください。
〒110-8625
東京都台東区東上野2-8-7　笠倉出版社
CROSS NOVELS 編集部
「栗城 偲先生」係／「コウキ。先生」係

<初出一覧>
■鬼の棲処■
幻冬舎・小説リンクス2010年10月号掲載作品に大幅加筆・修正
■幸ひ人■
書き下ろし

CROSS NOVELS

鬼の棲処

著者
栗城 偲

2016年8月23日　初版発行　検印廃止

発行者　笠倉伸夫
発行所　株式会社 笠倉出版社
〒110-8625　東京都台東区東上野2-8-7　笠倉ビル
[営業]TEL　0120-984-164
FAX　03-4355-1109
[編集]TEL　03-4355-1103
FAX　03-5846-3493
http://www.kasakura.co.jp/
振替口座　00130-9-75686
印刷　株式会社 光邦
装丁　斉藤麻実子〈Asanomi Graphic〉
ISBN 978-4-7730-8835-9
Printed in Japan

CROSS NOVELS